カルペパー一家《いっか》のおはなし

マリオン・アピントン＝作
ルイス・スロボドキン＝絵
清水 眞砂子＝訳

カルペパー一家《いっか》のおはなし

もくじ

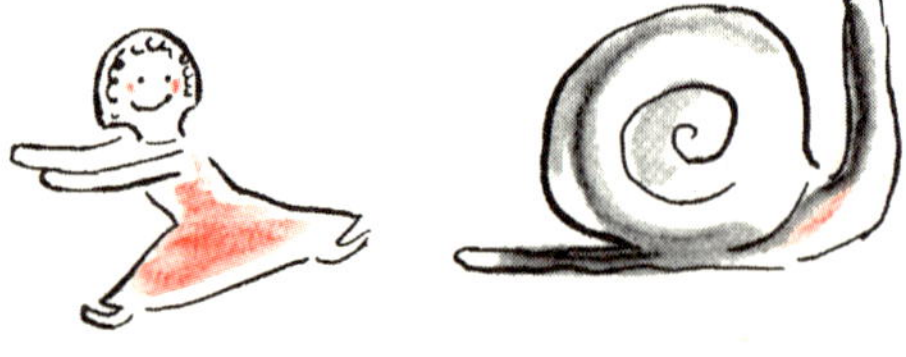

1　カルペパー一家《いっか》がやってきた

女《おんな》の子《こ》のデビーは、お父《とう》さんの手《て》もとを見《み》つめていることがよくありました。お父《とう》さんの手《て》もとからは、紙人形《かみにんぎょう》があらわれるのです。デビーのお父《とう》さんは絵《え》かきで、馬《うま》や木《き》や小《ちい》さな女《おんな》の子《こ》をかいていましたが、デビーが一《いち》ばんすきなのは、お父《とう》さんの作《つく》ってくれる紙人形《かみにんぎょう》でした。

いまも、お父《とう》さんは、大《おお》きな紙《かみ》をくるくるまわしながら、はさみをうごかしていました。

「きょうのは紙人形《かみにんぎょう》じゃなさそうね。」デビーはいいました。

「そのとおり。これは家《いえ》でね、人形《にんぎょう》たちがすむんだ。」お父《とう》さんはこたえました。

「でも、家《いえ》のようには見《み》えないけど。」

「いいや。まっててごらん。じき、わかるから。」

そこでデビーは、お父《とう》さんのいすのひじかけによりかかって、もうすこし手作業《てさぎょう》を見《み》まもることにしました。お父《とう》さんは、たてにまっすぐ二本《にほん》の切《き》りこみを入《い》れると、つぎにはさみをななめにうごかして、三角形《さんかっけい》を作《つく》り、てっぺんに小《ちい》さなつきだしを作《つく》りました。

「それ、なあに？」デビーはたずねました。

「これかい？　えんとつだよ。」お父《とう》さんはこたえました。

それからお父《とう》さんは、できあがった家《いえ》の下《した》のほうに、なん本《ぼん》か切《き》りこみを入《い》れて、そこをおりかえしました。こうして一《いっ》かいのまどができました。お父《とう》さんは、つぎには家《いえ》の上《うえ》のほうに、おなじように切《き》りこみを入《い》れておりかえし、二《に》かいのまどを作《つく》りました。

そのあとお父《とう》さんは、家《いえ》の中央部《ちゅうおうぶ》に下《した》から大《おお》きな切《き》りこみを入《い》れて、おりかえしました。げんかんです。

「ほんと、家《いえ》だ！」デビーは、よろこんで声《こえ》をあげました。「でも、きれいに色《いろ》をぬったら、もっとすてきな家《いえ》になりそう。」

デビーは、クレヨンをとりにかけていきました。それから、デビーとお父《とう》さんは、家《いえ》を赤《あか》くぬり、まどべには、ピンクのゼラニウムがさきこぼれる青《あお》い鉢《はち》をならべました。げんかんのドアとよろい戸《ど》は、みどりです。さいごにお父《とう》さんは、げんかんのドアにあかるい黄色《きいろ》のノッカーをつけました。

「さあ、できたぞ。」お父《とう》さんはいいました。

「でも、人《ひと》がいない。ここには、だれもすんでないのね。」

デビーはいいました。

「いや、だいじょうぶ。」お父《とう》さんはそういって、もう一《いち》ど、はさみをとりあげました。

はさみのさきからは、じきに紙人形《かみにんぎょう》がすがたをあらわしました。男《おとこ》の人《ひと》です。デビーのお父《とう》さんは、クレヨンでウェーブのかかった黒《くろ》いかみの毛《け》をかき、ひげも黒《くろ》くぬり、ちょうネクタイをしめさせました。すてきな男《おとこ》の人《ひと》のできあがりです。

つぎにお父《とう》さんは、ぼうしをかぶった女《おんな》の人《ひと》をきりぬきました。なんだかちょっとふとめです。

でも、お父《とう》さんは、「だんなさんがとびきりハンサムだから、このままでいいよ。」と、いいました。「家族《かぞく》に美男美女《びなんびじょ》がおおいと、もめごとがおこる。」というのです。

お父《とう》さんは、おくさんのぼうしに花《はな》の絵《え》をかき、フリルのついたエプロンをかけさせました。

「だけど、ちゃんとした女《おんな》の人《ひと》だったら、ぼうしをかぶったまま、エプロンをかけるなんて、しないんじゃないかしら。」と、デビーはいいました。

「いや、これこそ、最新《さいしん》のスタイルというべきだね。」と、お父《とう》さんはいいました。「それに、これなら、なにがおこってもだいじょうぶだろう？」

デビーは、それもそうだと、うなずきました。デビーはそのあと、お母《かあ》さんのところにはしっていって、ピンをもらってくると、ソファのせもたれのひくいところに、お父《とう》さんが作《つく》ってくれた紙《かみ》の家《いえ》をとめました。こうしておけば、紙人形《かみにんぎょう》の夫婦《ふうふ》も、その家《いえ》によりかかって立《た》っていられます。

さて、ここまでくると、つぎには子《こ》どもがほしくなりました。デビーのお父《とう》さんは、

紙《かみ》をなんかいもおって、ていねいにはさみを入《い》れていきました。はさみを入《い》れおわって、紙《かみ》をひろげると、あらわれたのは、四人《よにん》の男《おとこ》の子《こ》。手《て》をつないでいます。お父《とう》さんは、そのあと、おなじようにして、女《おんな》の子《こ》も作《つく》りはじめました。ところがこんどは、まえのようにはいかず、紙《かみ》をひらくと三人《さんにん》は手《て》をつないでいたのですが、ひとりだけぽつんときりはなされていました。でも、デビーはすこしも気《き》になりませんでした。

デビーとお父《とう》さんは、男《おとこ》の子《こ》のズボンは青《あお》く、うわぎは赤《あか》くぬり、女《おんな》の子《こ》には、のりのきいたピンクのエプロンドレスをきせました。

デビーは、「ひとりだけはなれてる女《おんな》の子《こ》は、

アンジェリーナって名《な》まえにするわ。」といいました。すきな名《な》まえだったからです。

お父《とう》さんは、この家族《かぞく》の名字《みょうじ》は、「カルペパーがいいいな。」といい、デビーもそれに、さんせいでした。そのあと、お父《とう》さんはいいました。

「カルペパーさんのおくさんは、ふとってるけど、なかなかの人《ひと》なんだよ。とってもおもいやりのあるいい人《ひと》なんだ。」

「そして、カルペパーさんは、かっこいい。カルペパーさんとこって、すばらしい家族《かぞく》ね！」デビーは、声《こえ》をはずませました。

カルペパー家《け》の人《ひと》びとは、あたらしい家《いえ》のまえに立《た》って、にこにこと、えがおをふりまいています。

気《き》もちのいい家族《かぞく》でいてくれるようにと、お父《とう》さんが、全員《ぜんいん》えがおにしたからです。

こうしてカルペパー一家《いっか》は、デビーの家《いえ》でくらすことになりました。

それから、なん日《にち》かのあいだに、カルペパー家《け》の人《ひと》びとは、たくさんのことを知《し》りました。

まず、この世《よ》には、あかるく活気《かっき》づくときと、くらくしずまるときがあること。それから、デビーと、じぶんたちがちがっていることにも気《き》がつきました。まわりはふしぎなこと、わからないことだらけでした。

でも、ひとりの小《ちい》さな女《おんな》の子《こ》が、じぶんたちをあいしてくれていること、じぶんたちが、おたがいをあいしあっていることはわかりました。ほんの四《し》、五日《ごにち》でこれだけのことに気《き》づくなんて、たいしたものですよね。

ところでカルペパー家《け》の人《ひと》びとが、ソファの上《うえ》でくらしたのは、それほど長《なが》くはありませんでした。ある日《ひ》、デビーのお母《かあ》さんにおきゃくさんがあって、そのおきゃくさんがカルペパー家全員《けぜんいん》を、おしりの下《した》にしいてしまったからです。さいわい、ひがいはそれほど大《おお》きくはありませんでしたが、そのことがあって、紙《かみ》の家《いえ》は、子《こ》ども部屋《べや》のすみにうつされ、そこのかべのゆかにちかいところにピンでとめられました。そこなら紙人形《かみにんぎょう》たちが紙《かみ》の家《いえ》のげんかんを出《で》たり入《はい》ったりできます。ここは、まえのところより人間《にんげん》の出入《でい》りもすくなく、安全《あんぜん》で、カルペパー家《け》の人《ひと》びとは、自由《じゆう》にうごきまわることができました。

一家《いっか》はここで、いろいろなぼうけんをすることになります。

2　アンジェリーナがたいへん！

子《こ》ども部屋《べや》にうつされてしばらくは、カルペパー家《け》の人《ひと》びとは、ここは自由《じゆう》にうごけるし、よその人《ひと》が入《はい》ってこないからたすかる、とおもっていました。

お母《かあ》さんのカルペパー夫人《ふじん》は、あたらしい家《いえ》のことで大《おお》いそがしでした。

お父《とう》さんのカルペパーさんのほうは、あちこちたんけんして、あるきまわっていました。見《み》るもの、きくもの、あたらしいことばかりです。

子《こ》どもたちにとっても、おもしろいことが山《やま》とありました。大《おお》きなあんらくいすのふさかざりにぶらさがって、からだをゆするのは、とてもたのしかったし、ゆりいすのそこ足《あし》をすべり台《だい》がわりにして、すべりおりるときのおもしろさといったら、ありませんでした。

子《こ》どもたちはまた、青《あお》いじゅうたんの上《うえ》をぴょんぴょんとびうつるあそびもおもいつきました。じゅうたんの大《おお》きな花《はな》もようから花《はな》もようへ、青《あお》い地《じ》はふまないようにしてとびうつっていくのです。もし、しっぱいしてころんでも、じゅうたんはふんわりとやわらかく、ちょっとくすぐったくて、子《こ》どもたちは、それはそれでたのしんでいました。

カルペパー夫人《ふじん》も、そのじゅうたんが気《き》に入《い》っていました。地《じ》の色《いろ》のなんてすてきなこと、といつもおもっていました。花《はな》もようもほんとうにきれいでした。ただ、カルペパー夫人《ふじん》のあたまだって、じゅうたんよりほんのすこし高《たか》いだけでしたから、ざんねんながら、花《はな》という花《はな》ぜんぶを見《み》わたすことまではできませんでしたけれど。

ある日《ひ》のこと、カルペパー夫人《ふじん》は、夫《おっと》と子《こ》どもたちが、それぞれじぶんたちのことにかまけて、たのしそうにしているのを見《み》とどけると、じゅうたん全体《ぜんたい》をもっとよく見《み》ようと、生《う》まれてはじめて、たんけんのたびに出発《しゅっぱつ》しました。ぜんたいが見《み》わたせる、高《たか》い場所《ばしょ》にいきたい、とおもったのです。

あちこちさがしたあげく、ようやくカルペパー夫人《ふじん》は、足《あし》のせ台《だい》によじのぼると、そこから大《おお》きなあんらくいすにのぼる道《みち》があることを発見《はっけん》しました。あんらくいすまでのぼれば、そこから二《ふた》つ三《みっ》つクッションをよじのぼり、ちかくのテーブルにうつるのは、むずかしいことではありません。

テーブルの上《うえ》に立《た》つと、まるで山《やま》のてっぺんにきたようでした。足《あし》もとには、大《おお》きなじゅうたんがいっぱいにひろがって、ピンクや黄色《きいろ》、みどりやすみれ色《いろ》の、目《め》にもあざやかな花《はな》もようのおかげで、子《こ》ども部屋《べや》はまるで花園《はなぞの》のようです。

テーブルのむかいには、だんろの大《おお》きな黒《くろ》いあながあいていて、かたわらには、ピカピカの真《しん》ちゅうの火《ひ》かきぼうが立《た》っています。だんろの上《うえ》には、きれいな置《お》き時《ど》

計《けい》。小《ちい》さなふりこが、かたときもやすまず、左右《さゆう》にゆれつづけています。

「チクタク、チクタクって、あれが出《だ》してた音《おと》だったのね！」カルペパー夫人《ふじん》は、なっとくしました。「もっとそばまでいって、よく見《み》たいけど、高《たか》すぎるわね。紙人形《かみにんぎょう》では、とてもあそこまではのぼれないわ。」

それからカルペパー夫人《ふじん》は、目《め》を下《した》にうつしました。部屋《へや》のかたがわには、せんろに汽車《きしゃ》がとまっています。駅《えき》があるのです。もう一方《いっぽう》に目《め》をやると、げんかんホールにつうじるドアがありましたが、そのドアのさきになにがあるのかはわかりません。

いまいる部屋《へや》には、おもちゃや本《ほん》があり、かべには、絵《え》もかかっています。テーブルの上《うえ》から見《み》える世界《せかい》は、ひろびろとして、下《した》で見《み》るのとはまるでちがっています。

「なにもかもこんなにはっきりと、よく見《み》えるのね。」カルペパー夫人《ふじん》は、つぶやきました。「あたしたちの家《いえ》が、下《した》のあんなすみっこじゃなくて、このテーブルの上《うえ》だったら、どんなにか気《き》もちがいいのに。」

おさないむすこやむすめたちが、じゅうたんの上《うえ》をあっちこっちとびはねているのが見《み》えました。夫《おっと》のカルペパーさんは、なにかかんがえごとをしながら、だんろのまえをいったりきたりしています。家族《かぞく》のだれもがあんまり小《ちい》さくて、よく見《み》ようとすると、目《め》まいがしてきそうです。それになんとおく、はなれて見《み》えることでしょう。ふいにカルペパー夫人《ふじん》は、さびしさをおぼえました。カルペパー夫人《ふじん》は、いそいでクッションづたいに下《した》におりると、みんなのところへはしっていきました。

　まどにちかいじゅうたんには、お日《ひ》さまのあたたかな光《ひかり》がよくさしこんでいます。でも、かべにとめられたカルペパー家《け》のほうには、陽《ひ》はまったくあたりません。家《いえ》がとめられているすみは、くらくて、げんかんにつうじるドアがあいているときは、ドアのかげにかくれて、ほとんどなにも見《み》えなくなってしまいます。

それでも、カルペパー家《け》の人《ひと》びとは、じぶんたちのことをふしあわせだなどとは、まったくおもっていませんでした。すくなくとも、ある日《ひ》、デビーの友《とも》だちのナンシーが、デビーの紙人形《かみにんぎょう》たちとあそばせようとおもって、じぶんの紙人形《かみにんぎょう》たちをつれてくるまでは。

カルペパー家《け》の人《ひと》びとは、ほかの紙人形《かみにんぎょう》たちをむかえて、よろこんだこと、よろこんだこと！　ナンシーとデビーは、おもしろいことをいっぱい紙人形《かみにんぎょう》たちにさせました。じぶんたちとおなじ紙人形《かみにんぎょう》なかまとすごすのは、ほんとうにたのしくて、カルペパー家《け》の人《ひと》びとのこうふんは、おきゃくがかえったあとも長《なが》いあいだおさまりませんでした。

カルペパー夫人《ふじん》は、その日《ひ》出会《であ》ったすてきな紙人形《かみにんぎょう》たちのことをおもってためいきをつき、友《とも》だちになれたらどん

なにいいかと、おもいました。

「おたずねして、あちらのおくさんとおしゃべりしたいわ。家《いえ》のことや、子《こ》どもたちのことをいっぱい。もう一《いっ》ぺん、むこうのお人形《にんぎょう》さんたちと会《あ》えないものかしら。」

と、カルペパー夫人《ふじん》はいいました。

カルペパーさんはというと、「ここには汽車《きしゃ》とか、ねじまきじどうしゃとか、いろいろなものがある。ついては、こういうものについて、科学的視点《かがくてきしてん》から、あちらの主人《しゅじん》と男《おとこ》どうし、ぎろんしてみたいものだ。」といいました。

子《こ》どもたちはむっつりと、ふきげんになっていきました。お母《かあ》さんのカルペパー夫《ふ》人《じん》には、なぜだかわかりました。きょうだいがいにも、あそぶ友《とも》だちがほしかったのです。

カルペパー家《け》の人《ひと》びとは、ほかの紙人形《かみにんぎょう》がどこにいってしまったのか、まったくわからず、子《こ》ども部屋《べや》のすみからすみまでさがしました。でも、どこにも見《み》つからず、がっかりしてついには、あきらめてしまいました。

日《ひ》はすぎていきました。だんだんあたたかくなって、デビーは、外《そと》であそぶことがおおくなりました。カルペパー家《け》の人《ひと》びとはというと、家《いえ》のまえにただつっ立《た》って、ぼんやりと火《ひ》かきぼうや、ろばたをながめ、それにあきると、そのさきにひろがる、がらんとしたかべへと目《め》をうつしていきました。みんな、なんだか見《み》すてられた気分《きぶん》でした。

ところがある日《ひ》、そんなさびしさも、友《とも》だちほしさも、わすれさせてしまうじけんがおこりました。

カルペパー夫人《ふじん》はその日《ひ》、子《こ》どもたちのようすを見《み》に、紙《かみ》の家《いえ》を出《で》てみたのです。すると夫《おっと》のカルペパーさんが、家《いえ》のまえに立《た》って、おさない三人《さんにん》のむすめたちの、かごめかごめあそびを見《み》ていました。

むすこたち四人《よにん》は、ろばたにこぼれた灰《はい》であそんでいました。でも、どうしたことか、アンジェリーナのすがたが見《み》あたりません。

だれもアンジェリーナを見《み》ていませんでした。アンジェリーナがどこにいるか、だれも知《し》らないのでした。

カルペパー夫人《ふじん》は、心配《しんぱい》のあまり、気《き》をうしなってしまいました。カルペパーさんは、ゆかにおちていたはねをひろいあげて、おくさんをあおいでやりました。でも、カルペパー夫人《ふじん》は、ぴくりともしません。ところがそのうち、ぐうぜん、はねがカルペパー夫人《ふじん》の鼻《はな》をくすぐりました。カルペパー夫《ふ》人《じん》は、ぱっとはねおきると、あたりを見《み》まわしました。

さあ、ここから、みんなのアンジェリーナさがしがはじまりました。

女《おんな》の子《こ》たちは、さか立《だ》ちにちかいかっこうをして、ひくいところをさがしました。

男《おとこ》の子《こ》たちは、このんで高《たか》いところにのぼっていきました。

お父《とう》さんとお母《かあ》さんは、わが子《こ》の名《な》まえをよびながら、いすのあしや、ちらかったおもちゃのあいだを四方八方《しほうはっぽう》かけずりまわりました。でも、アンジェリーナは見《み》つかりませんでした。

こんなふうにして、ずいぶんさがしまわったあげく、カルペパー夫人《ふじん》は、もうここがさいごと、まえにのぼった、あの大《おお》きなあんらくいすによじのぼり、そこからテー

ブルの上《うえ》にはいあがりました。すると、目《め》のまえにあらわれた本《ほん》のページのあいだから、なんとアンジェリーナのあたまのてっぺんがのぞいているではありませんか。アンジェリーナは、デビーのお父《とう》さんに、本《ほん》のしおりがわりにつかわれていたのです！

カルペパー夫人《ふじん》は、ひめいをあげました。その声《こえ》をきいて、家族全員《かぞくぜんいん》がテーブルにはいあがってきました。みんなは、アンジェリーナのあたまのてっぺんを見《み》て、ただ、立《た》ちつくしてしまいました。

「ああ、あたしのだいじな子《こ》が、なんてことに！」と、カルペパー夫人《ふじん》はとうとうなきだしました。

「たのむからおちついて。」と、カルペパーさんはいいました。

「だいじょうぶ。すぐたすけだすから。」

そうはいったものの、カルペパーさんも、どうしていいかわからず、ただつっ立《た》っているばかりです。男《おとこ》の子《こ》たちは、アンジェリーナのはさまった本《ほん》を、まるごと家《いえ》まではこぶことをていあんしました。でも、家族《かぞく》みんなでかかっても、本《ほん》はおもくて、もちあがりません。

「とにかく、なんとかしなきゃ。」カルペパー夫人《ふじん》は、なきながらいいました。

「あたしはこの子《こ》を、なんとしても出《だ》してやりたいのよ。」

そして、カルペパー夫人《ふじん》は、アンジェリーナにくりかえし声《こえ》をかけました。

「みんなで出《だ》してやるから。ね、出《だ》してやるから。」

でも、はたしてその声《こえ》が、アンジェリーナにとどいていたかどうか。なぜって、アンジェリーナの耳《みみ》は、本《ほん》のページにはさまって、外《そと》からはまったく見《み》えていませんでしたから。

カルペパーさんは、「みんな、ちょっとしずかにして、わたしにかんがえさせてく

れないか。」といって、ひげをひっぱりながら、テーブルの上《うえ》をいったりきたりしはじめました。

そうこうするうちに、カルペパーさんは、テーブルの上《うえ》に、ものさしが出《で》ているのに気《き》がつきました。とたんにカルペパーさんにはわかりました。カルペパーさんは、むすこたちをよぶと、かれらに手《て》つだわせて、いっしょにそのものさしを、おくさんとおさないむすめたちがないているところまではこんでいきました。

「さあ、みんな、手《て》つだってくれ。

いいか、むすこたち。おまえたちは、わたしといっしょにこいつの一方《いっぽう》のはしをアンジェリーナのすぐよこにさしこむんだ。さしこんだら、こちらのもう一方《いっぽう》のはしに、みんなでたいじゅうをかける。そうしたら、アンジェリーナが引《ひ》き出《だ》せるかもしれない。」

紙人形《かみにんぎょう》にとって、ものさしは、おもたかったのですが、男《おとこ》の子《こ》たちは、お父《とう》さんと力《ちから》をあわせて、なんとかかた方《ほう》のはしを、本《ほん》のページのあいだにさしこみました。つぎにするのは、もう一方《いっぽう》のはしにたいじゅうをかけることです。カルペパーさんと男《おとこ》の子《こ》たちが、ものさしにたいじゅうをかけると、ものさしのはんたいのはしがあがり、それといっしょに本《ほん》がひらきかけました。

それっと、カルペパー夫人《ふじん》と、女《おんな》の子《こ》たちは、アンジェリーナにとびついて、そのからだをテーブルの上《うえ》に引《ひ》っぱり出《だ》しました。

そのときのお母《かあ》さんのよろこびようといったら。

「あなたって、なんてかしこいんでしょう！　おかげでだいじなアンジェリーナがとりもどせたわ。」カルペパー夫人《ふじん》は、だんなさんにいいました。

でも、じきに、カルペパー夫人《ふじん》の口《くち》からひめいがあがりました。

「たいへん！　この子《こ》、ゆがんでるわ。からだがゆがんじゃってる！」

カルペパー夫人《ふじん》のいうとおりでした。アンジェリーナのからだは、右《みぎ》かたから左足《ひだりあし》にかけて、ななめにしわがよっていたのです。

家族《かぞく》はみんなで、アンジェリーナのからだをなおしにかかりました。みんなはしわをのばして、手《て》でおさえ、なでました。ついにアンジェリーナは、ほとんど新品《しんぴん》どうようになりました。

カルペパー夫人《ふじん》は、アンジェリーナをだきあげて、またなきだしました。こんどはうれしなきでしたけれどね。

カルペパーさんは、ひげをくるくるとゆびにまきながら、「ちゃんとかんがえたら、道《みち》はひらけるってわかってたさ。」といいました。

「ねえ、アンジェリーナ。あの中《なか》って、どんなだった？」子《こ》どもたちは、口《くち》ぐちにたずねました。さっきまで本《ほん》にはさまれ、ぺしゃんこにされて、いきもたえだえだったうえに、すくいだされたら、こんどはしわができたと、引《ひ》っぱられたり、おさえつけられたりしてきたアンジェリーナは、いまのいままでいったいなにがおこっていたのか、よくつかめていませんでした。それで、「むっとしててね、あつかった。それから、へんなにおいもしてた。」とだけこたえたのですが、こたえおわったとたん、クシュン！　とくしゃみをしました。

「おだいじに！」男《おとこ》の子《こ》たちは、いっせいに声《こえ》をかけました。

「あたし、クシュン！　おうちに、クシュン！　かえりたい、クシュン！」アンジェリーナは、くしゃみをしながらいいました。

そこでお父《とう》さんとお母《かあ》さんは、子《こ》どもたちをわが家《や》へと、おい立《た》てていきました。

3　カルペパー一家《いっか》　たびに出《で》る

カルペパー夫妻《ふさい》は、アンジェリーナがとにかくぶじに見《み》つかって、元気《げんき》でいるのがうれしくて、子《こ》どもたちがいてくれるだけでじゅうぶん、とおもうことにしようと、おたがいにちかいあいました。

「いい家族《かぞく》だもの。」カルペパーさんはいいました。「よそに友《とも》だちがいなくてもだいじょうぶ。おたがい、ちゃんとやっていけるさ。元気《げんき》にたのしくくらしていかなくちゃ。」

「ほんと。あなたのおっしゃるとおりだわ。あたし、ぐちなんかいってはずかしい。」カルペパー夫人《ふじん》もいいました。小《ちい》さな男《おとこ》の子《こ》たちも、きげんのわるいときは、「じぶんのことがきらいになる。」といい、女《おんな》の子《こ》たちも、「むっつりしてる人《ひと》って、なんだかこわく見《み》えるしね。」といいました。

家族《かぞく》はそれから、まえよりずっときげんよくくらすようになりました。こうしてしばらくのあいだ、日々《ひび》はしずかにすぎていきました。

あるとき、カルペパーさんは、新聞《しんぶん》のきれはしが、ゆかにおちているのを見《み》つけて、「よし、教養《きょうよう》を身《み》につけることにきめた。」と、おくさんにいいました。

「字《じ》がよめたら、どんなにいいかとおもうんだ。だから、この紙《かみ》のきれはしで勉強《べんきょう》することにする。デビーのお父《とう》さんがときどきやっているんだ。つまり、その、シンプソンというやつでね。教養《きょうよう》のある人《ひと》は、どこか上品《じょうひん》だもの。」

カルペパー夫人《ふじん》は、夫《おっと》の決心《けっしん》をきいて大《おお》よろこび。

そこでカルペパーさんは、さっそく勉強《べんきょう》にとりかかりました。でも、ものをよむということは、おもっていたよりずっとたいへんでした。カルペパーさんには、そもそも文字《もじ》というものがまるでわかっていなかったのです。カルペパーさんは、ひろった新聞紙《しんぶんし》のきれはしを

上《うえ》に下《した》にひっくりかえしてみました。あかるいところへもっていってはながめ、くらいところへもってきては見《み》つめました。とおざけてはながめ、鼻《はな》さきまでちかづけては見《み》つめました。それでも、カルペパーさんには、なんてかいてあるのかわかりませんでした。でも、おくさんをがっかりさせるわけにはいきません。それでカルペパーさんは、教養《きょうよう》を身《み》につけるのが、どんなにむずかしいかをおくさんにはなさず、ひとりむねにしまっていました。

男《おとこ》の子《こ》たちは、しょっちゅうどこかに出《で》かけていました。なにかおもしろいことがあると、かえってからみんなにほうこくしましたが、たいていいつも、ほこりまみれになってかえってきました。

カルペパー夫人《ふじん》は、妻《つま》と母親《ははおや》、りょうほうのしごとで、てんてこまいでした。カルペパー夫人《ふじん》は、小《ちい》さいむすめたちに、どうしたら母《かあ》さんがたすかるかを、はなしてきかせました。夫人《ふじん》は、むすめたちのエプロンドレスは、いつもきれいにしておきたい、とおもっていたのです。カルペパー夫人《ふじん》は、勉強《べんきょう》している夫《おっと》もはげましつづけました。あちこちぼうけんしてかえってくる男《おとこ》の子《こ》たちのふくも、はらってやらなくてはなりませんでした。カルペパー夫人《ふじん》は、いそがしくて、さびしがっているひまなんてほとんどありませんでした。

ある日《ひ》、カルペパーさんが、十六《じゅうろく》ものアルファベットでできたことばの意味《いみ》がわからなくてあたまをひねり、カルペパー夫人《ふじん》が、あんらくいすの下《した》で見《み》つけた毛玉《けだま》で、ドアのノッカーをみがいていたとき、とつぜん男《おとこ》の子《こ》たちがかけてきて、「みんな、いますぐきて、汽車《きしゃ》にのってみて！」といいました。

「とうとう、うごかしかたがわかったんだよ。」男《おとこ》の子《こ》たちは、声《こえ》をそろえていいました。「せんろのよこについてるレバーをこっちに引《ひ》いたら汽車《きしゃ》がうごいてね、むこうにおすと、とまるんだ。ねえ、ぼくたち、のってもいいでしょ？　ね、いいよね？」

お母《かあ》さんは、気《き》がすすみませんでした。あぶないとおもったのです。

お父《とう》さんは、「きけんはなかろう。」といいました。ためしてみるのも、いいことかもしれない、とおもったからです。

「だって、そうだろ？」と、カルペパーさんはいいました。「こんなくらしでは、あきてくるし、それにまわりに友《とも》だちもいないときてる。たびは、視野《しや》をひろげてくれる、いいものだ。それに、たびをすれば、いい人《ひと》に出会《であ》えるかもしれないじゃないか。」

カルペパー夫人《ふじん》は、人《ひと》と出会《であ》えるときいてなっとくし、家族《かぞく》は汽車《きしゃ》がとまっているところにそろってむかいました。

さいしょにカルペパー夫人《ふじん》が、手《て》だすけしてもらって、やねのない貨車《かしゃ》にのりこみました。

つづいてカルペパーさんがのりこみ、それから男《おとこ》の子《こ》と女《おんな》の子《こ》たちが、どやどやとのりこみました。アンジェリーナは、「あたしはのらないで、下《した》にのこって、汽車《きしゃ》をうごかしたり、とめたりしてあげる。」といいました。

出発《しゅっぱつ》のじゅんびがととのいました。

カルペパー夫人《ふじん》は、かた方《ほう》の手《て》で貨車《かしゃ》のへりをつかみ、もうかた方《ほう》の手《て》で女《おんな》の子《こ》たちとしっかり手《て》をつないでいます。

アンジェリーナは、男《おとこ》の子《こ》たちにおしえられたとおり、レバーを引《ひ》きました。

汽車《きしゃ》はうごきだしました。だんだんスピードがましていきます。子《こ》どもたちは、車輪《しゃりん》がまわるようすを見《み》ようと、つぎつぎと身《み》をのりだしました。お母《かあ》さんは気《き》が気《き》でなくなり、ついにお父《とう》さんも、じっとすわっているよう、子《こ》どもたちにめいじました。

カルペパー夫人《ふじん》のつぎの心配《しんぱい》は、子《こ》どもたちがかぜをひかないか、ということでした。カルペパーさんは、おくさんに、「これぐらいの風《かぜ》をうけるのは、むしろからだにいいんだ。」といいましたが、カルペパー夫人《ふじん》は、「それでも、ねんのため、くしゃみをしないか気《き》をつけているわね。」といいました。

汽車《きしゃ》は、とぶようにはしりつづけました。木《き》でできた小《ちい》さな家々《いえいえ》をすぎ、作《つく》りものの小《ちい》さな木々《きぎ》をすぎ、かがみの池《いけ》をすぎ、鉄橋《てっきょう》をこえ、トンネルをぬけて、ぐるぐるぐるぐるぐる、まわりつづけました。

トンネルはとてもくらかったので、カルペパー夫人《ふじん》は目《め》をつむりました。でも、つむると、よけいくらくなります。それでまた目《め》をあけました。

カルペパーさんは、汽車《きしゃ》がどうやってうごくのか、きょうみしんしんでした。おしているものものなければ、引《ひ》いているものもありません。カルペパーさんは、字《じ》がよめるようになったら、汽車《きしゃ》のことを勉強《べんきょう》しよう、と心《こころ》にきめました。

子《こ》どもたちは、男《おとこ》の子《こ》も女《おんな》の子《こ》も、汽車《きしゃ》にのるのは、じゅうたんの上《うえ》のとびっこより、ゆりいすのすべりっこより、とにかくほかのどんなあそびよりおもしろいよねぇ、といいあいました。

でも、やがてカルペパーさんは、「そろそろアンジェリーナにものってもらわなきゃ。」といいだし、ポイントにさしかかったとき、「とめてくれぇ。」と、アンジェリーナに声《こえ》をかけました。

ところが、アンジェリーナは、どこかにすがたをけしてしまっていました。汽車《きしゃ》はそのまま、どんどんはしりつづけ、一《いっ》しゅうして、またポイントにやってきました。それでもやっぱりアンジェリーナのすがたは見《み》えません。

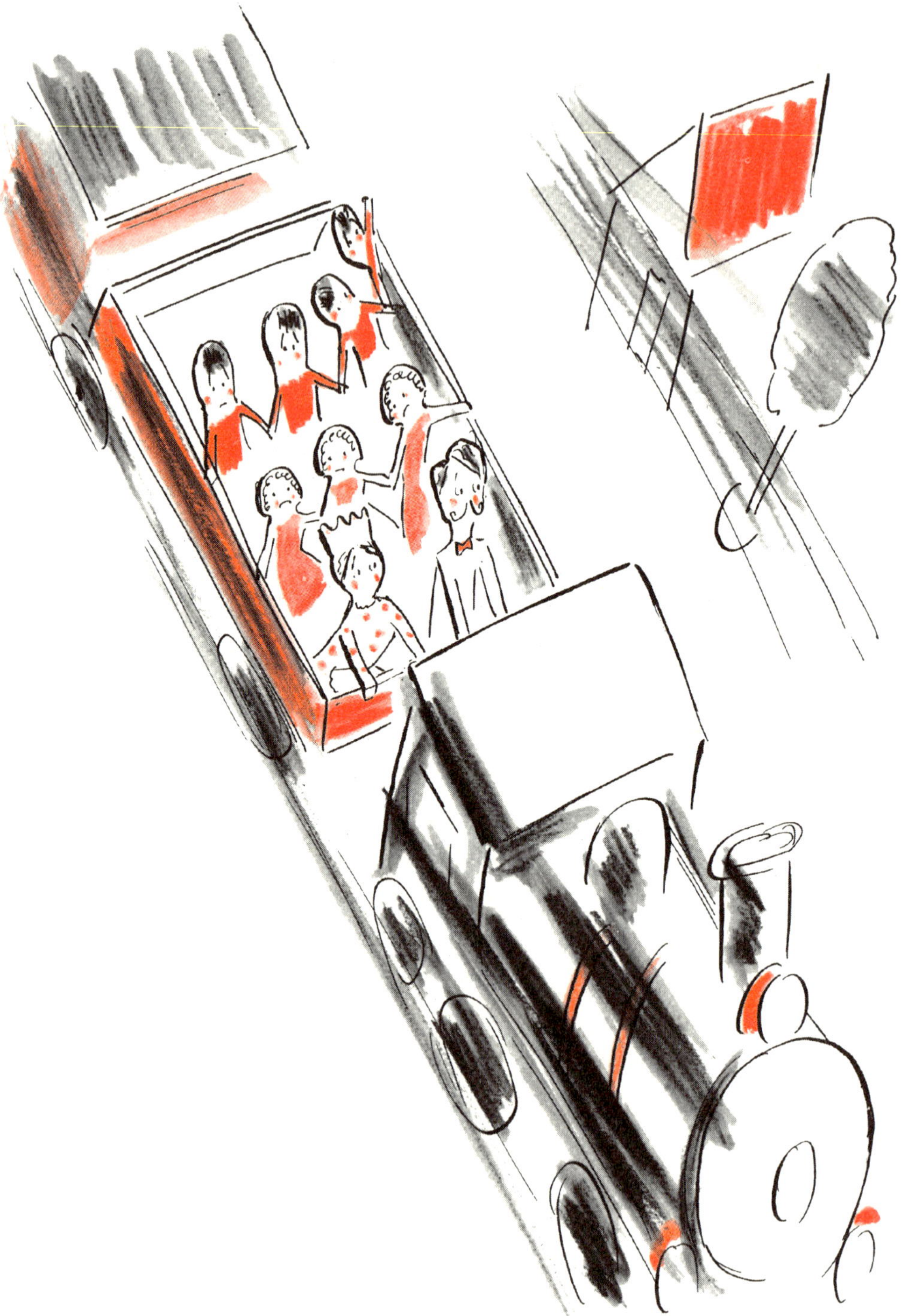

お母《かあ》さんのカルペパー夫人《ふじん》は、「目《め》がまわってきたから、汽車《きしゃ》をおりたい。」といいだしました。

男《おとこ》の子《こ》たちも、「じっとすわっているのにあきたから、おりたい。」といいます。

女《おんな》の子《こ》たちも、「なんだかおなかのぐあいがへんなの。おりたい。」といいだしました。

でも、どうやったら汽車《きしゃ》はとまるのでしょう。

木《き》も家《いえ》も池《いけ》も鉄橋《てっきょう》も、汽車《きしゃ》はぐるぐるぐるぐる、とおりすぎていきました。ついにみんなは、じっととまっているのはこちらで、世界《せかい》のほうがじぶんたちのまわりをぐるぐるまわっているような気《き》がしてきました。

それにしても、アンジェリーナはどこへいってしまったのでしょう?

じつはアンジェリーナは、汽車《きしゃ》がうごくのを見《み》ているうちに、ねむくなってしまったのでした。見《み》ると、すぐそばに人形用《にんぎょうよう》のまくらがおちています。こしをおろしてみると、まあ、なんてやわらかで気《き》もちのいいこと!

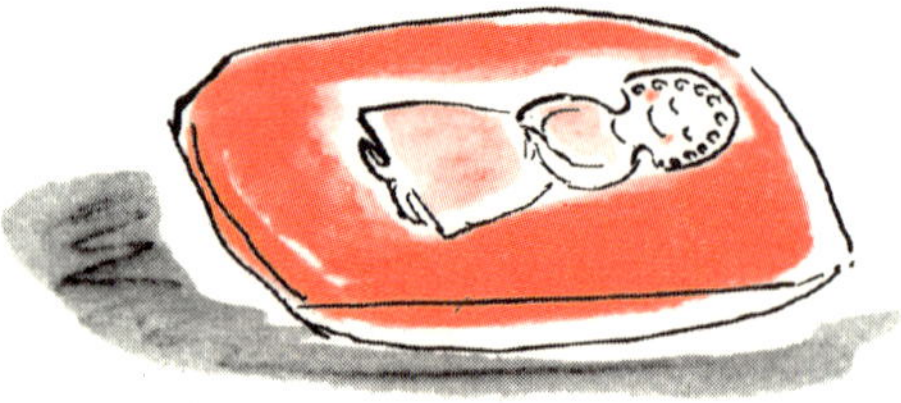

アンジェリーナは、まくらの上《うえ》によこになってみました。

よこになったアンジェリーナの耳《みみ》に、レールをはしる汽車《きしゃ》の音《おと》がきこえてきます。

コトコト、コトコト、コトコト、コトコト。

アンジェリーナは、その音《おと》をきいているうちに、ますますねむくなって、ついに目《め》をとじ、ねむってしまったのでした。

アンジェリーナはそのまま、ずいぶん長《なが》いこと、気《き》もちよくねむっていましたが、やがて目《め》をさますと、せんろのほうへもどっていきました。

コトコト、コトコト。汽車《きしゃ》がきて、目《め》のまえをとおりすぎていきました。でも、のっているみんなは、元気《げんき》がなく、なんだかつかれているように見《み》えます。

子《こ》どもたちは、おこったかおをして、アンジェリーナをにらみつけているし、お母《かあ》さんは、ぱくぱく口《くち》をあけたり、とじたりして、くるしそうです。

「おーい、とめるんだ！　汽車《きしゃ》を！」

お父《とう》さんが大声《おおごえ》でわめきました。

けれど汽車《きしゃ》は、そのままとおざかっていってしまいました。でも、つぎにまわってきたとき、アンジェリーナはレバーを引《ひ》いて、汽車《きしゃ》をとめました。

「おもしろかった？」おりてきたみんなに、アンジェリーナはききました。

「たびは気《き》に入《い》った？」

「いったいぜんたい、どこへいってたんだ！」お父《とう》さんのどなり声《ごえ》がかえってきました。

みんなは、うでをふりあげて、いっせいにわめきはじめました。声《こえ》はどんどん大《おお》きくなっていきます。アンジェリーナは、なにがなんだか、ますますわからなくなってきました。どうやらたびは、ちっともたのしくなく、おまえのせいでこうなったのだ、とせめられているようなのです。

アンジェリーナのかおがゆがみ、いまにもなきだしそうになりました。そのとき、お母《かあ》さんがわって入《はい》りました。

「さあ、もうそのへんで。どうしてこうなったのか、きいてみなくちゃわからないじゃないの。」

いわれてみんなはおちつきをとりもどし、こんどは、アンジェリーナがわけをはなしはじめました。はなしおわるとアンジェリーナは、「なんだか、のるとふきげんになるようだから、あたし、汽車《きしゃ》にはのりたくない。」といいました。「それに、これでほんとに視野《しや》がひろがるの？　お父《とう》さんのいった、いい出会《であ》いってあった？」

「まあまあ。」お母《かあ》さんはそういって、エプロンのすそでアンジェリーナのなみだをふいてやりました。「視野《しや》がひろがったかどうかはともかくとして、わたしたちみたいな、つつましい家族《かぞく》には、たびは少々《しょうしょう》、しげきがつよすぎたかもしれないわね。」

「母《かあ》さんのいうとおりだ。」お父《とう》さんもいいました。

「やっぱり、家《いえ》にいるのが一《いち》ばんだよ。」

本《ほん》だなのまえをすぎ、だんろのまえをとおって、おもい足《あし》どりでわが家《や》にむかうとちゅう、カルペパーさんは、おくさんに、がっかりさせなきゃいいけれど、とまえおきをして、「よみかきを学《まな》んで教養《きょうよう》を身《み》につけようとおもったけれど、それより汽車《きしゃ》のほうがおもしろそうだから、もう、字《じ》を習《なら》うのはやめることにした。」と、おずおずとうちあけました。

ところがほっとしたことに、おくさんはいったものです。

「そんなの、どっちだっていいわ。だってあたしは、あるがままのあなたがすきなんですもの。」

さて、あとになってわかったこと。それは、あの新聞紙《しんぶんし》のきれはしが、家《いえ》に入《はい》るまえによごれた足《あし》をぬぐうのには、とてもべんりなすぐれものだ、ということでした。というわけで、新聞紙《しんぶんし》のきれはしは、むだになりませんでしたよ。

4　ねずみとり

ある朝《あさ》のこと、カルペパーさんは、さんぽに出《で》かけました。カルペパーさんは、きょうこそ、じぶんや家族《かぞく》と友《とも》だちになれそうな人《ひと》に出会《であ》えるといいな、とおもっていました。でも、ざんねん。そんな人《ひと》は、見《み》つかりませんでした。ただ、かわりにカルペパーさんは、おもしろいものをいくつか見《み》つけました。

さいしょに見《み》つけたのは、青《あお》いきれいなビー玉《だま》でした。カルペパーさんは、おくさんにもっていってやりたい、とおもいました。うつくしいものに目《め》がないことを、知《し》っていたからです。でも、ビー玉《だま》はおもくて、かかえようとしても、ころがりまわってばかり。とうとうカルペパーさんは、もってかえるのをあきらめました。

そのあと、カルペパーさんは、ずいぶんながくあるきました。子《こ》ども部屋《べや》のドアにそってすすみ、人形《にんぎょう》の家《いえ》のまえをすぎ——人形《にんぎょう》の家《いえ》は、夏《なつ》がきて、デビーが人形《にんぎょう》をぜんぶテラスにもちだしてしまっていたので、からっぽになっていました——あんらくいすと、テーブルのわきをとおって、とうとう汽車《きしゃ》のところまでやってくると、カルペパーさんは、足《あし》をとめて、ぴかぴかの機関車《きかんしゃ》をながめ、いくつもの車輪《しゃりん》を引《ひ》っぱって、せんろをぐるぐるまわったこの機関車《きかんしゃ》のすばらしい力《ちから》をおもいだして、しばらくたたずんでいました。

それから、またあるきだしたとき、カルペパーさんは、前方《ぜんぽう》の本《ほん》だなのさきの、ゆかにちかいかべいたに、小《ちい》さいあながあいているのを見《み》つけました。カルペパーさんは、あなのまえまでくると、四《よ》つんばいになって、中《なか》をのぞきこんでみました。でも、あなの中《なか》はまっくらで、なにも見《み》えません。カルペパーさんは、はらばいになって、中《なか》に入《はい》りました。どこもかしこもまっくらです。ふと、なにかはしるような音《おと》がきこえました。

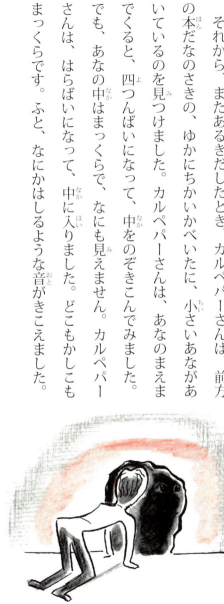

やがて、くらやみになれてきたカルペパーさんの目《め》に、ぼんやりとあたまのようなものが見《み》えてきました。小《ちい》さなビーズのような目《め》がついています。

「なんだ、あれは⁉」カルペパーさんはぎょっとして、小《ちい》さくさけびました。

「かいぶつ？　そうだ！　かいぶつにちがいない！」

カルペパーさんは、あとずさりして、あなからはいだすと、いちもくさんにわが家《や》にむかってかけだしました。

いや、そのはやいことといったら！　カルペパーさんは、いきをきらしてわが家《や》にたどりつきました。でも、見《み》たものについてはだまっていました。

そして、その日《ひ》はずっと、ちかくにかいぶつがすんでいることをどうやっておくさんにはなそうかと、かんがえつづけました。おくさんをこわがらせたくはない。でも、やっぱりはなさなくてはいけない、とおもったのです。

夜《よる》になって、カルペパーさんは、おくさんをかたわらによびました。

そして、できるかぎりおちついたふうをよそおって、かべのあなと、中《なか》に見《み》えた目《め》のことをはなしました。さいしょ、カルペパーさんは、おくさんが気《き》をうしなうにちがいない、とおもっていました。ところがおくさんは、かいぶつのはなしにむちゅうになって、心配《しんぱい》したようにはなりませんでした。

「ただね、わたしもはっきりと見《み》たわけではないんだ。」カルペパーさんはいいました。

「見《み》たわけではないんだが、大《おお》きいのはまちがいない。そして、どうもうそうだ。もしかしたら、きばとか、かぎづめとか、そういうものをもっているかもしれない。さて、こっちはどうするかだ。」

ふたりとも、こたえが見《み》つからなかったので、そのばん、ふたりは子《こ》どもたちを家《いえ》の中《なか》にあつめると、ドアをしめ、そのまま朝《あさ》をまつことにしました。子《こ》どもたちには、かいぶつのことはだまっていました。

夜《よる》があけても、カルペパー夫妻《ふさい》は、子《こ》どもたちから目《め》をはなさないよう、気《き》をつけていました。そうしていたのに、しばらくして、夫妻《ふさい》は、男《おとこ》の子《こ》たちを見《み》うしなってしまいました。

カルペパー夫人《ふじん》は、まっさおになりました。

「ああ、ぼうやたちが。あたしのぼうやたちが！」カルペパー夫人《ふじん》は、なきだしました。

「かいぶつが、だいじなぼうやたちを、どこかにつれていってしまった！」

「かいぶつ？」女《おんな》の子《こ》たちがききました。「なに、それ？」

カルペパーさんは、えんとつのてっぺんまでのぼっていって、そこから四方八方《しほうはっぽう》を見《み》まわしました。でも、どんなにせのびしても、どんなにからだをよじっても、男《おとこ》の子《こ》たちのすがたは、ちらとも見《み》えませんでした。

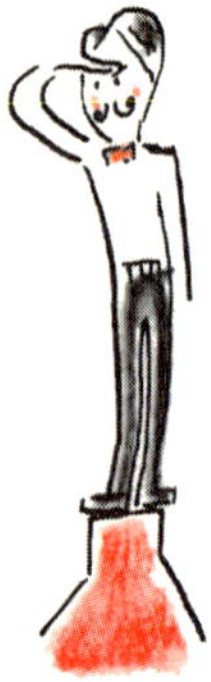

カルペパーさんは、えんとつのてっぺんからひらひらとゆかにまいおりると――これが一《いち》ばんはやくて、らくなやりかただと、カルペパーさんは知《し》っていたのです――むねをはって、せんげんしました。

「家族《かぞく》の長《おさ》にして、ただひとりの男《おとこ》として、これからただちに、むすこたちのきゅうじょにむかう。どうか引《ひ》きとめないでほしい。かわりに気《き》もちよく、さよならのキスを！」

カルペパー夫人《ふじん》は、夫《おっと》のくびをりょううででだきしめて、「あなたは、世界一《せかいいち》ゆうかんなかた。」と、小《ちい》さくさけび、「あたしもあなたといっしょにいって、いつもおそばにいることにするわ。だってそれが、真《しん》の妻《つま》たるもののつとめですから。」といい、それからいそいで、「もちろん、どんなかいぶつも、あなたにかなわないのはわかってるけど。」といい

たしました。

それをきいた女《おんな》の子《こ》たちはまた、「ねえ、かいぶつってなんなの？」とききました。

でも、お母《かあ》さんは、そそくさとむすめたちを家《いえ》の中《なか》においこむと、げんかんのドアをしめ、じぶんは、夫《おっと》のあとについて、むすこたちのそうさくに出《で》かけました。

女《おんな》の子《こ》たちは、お母《かあ》さんのいう、かいぶつというものを見《み》てみたい、とおもいました。もちろん、男《おとこ》のきょうだいたちをたすけたいおもいもありました。それで女《おんな》の子《こ》たちは、まどから外《そと》に出《で》ると、両親《りょうしん》のあとをつけていきました。心配《しんぱい》をかけないように、そっと足音《あしおと》をしのばせて。

女《おんな》の子《こ》たちが出《で》かけたすぐあと、かんじんの男《おとこ》の子《こ》たちが家《いえ》にかえってきました。

男《おとこ》の子《こ》たちは、じつは大《おお》きなあんらくいすのすぐうしろの、じゅうたんのしいてない、ゆかの上《うえ》をすべってあそんでいたのです。それで、かいぶつのことは、なにもきいていませんでした。男《おとこ》の子《こ》たちのおどろいたこと、おどろいたこと。だって家族《かぞく》みんなが、なにやらたんけんらしいたびに出《で》ていったのですから。

「ねえ、どこへいくのか、あとをつけてみようよ。」男《おとこ》の子《こ》たちはそういって、ぬき足《あし》さし足《あし》、女《おんな》の子《こ》たちのあとをつけはじめました。

というわけで、まず、せんとうにカルペパーさん。つぎにカルペパー夫人《ふじん》。それから三人《さんにん》の女《おんな》の子《こ》が手《て》をつないで、そのあとにアンジェリーナがつづき、アンジェリーナのあとには、男《おとこ》の子《こ》たちがつづくことになりました。

これはもう、パレードです。パレードは、だんろのまえをすぎ、本《ほん》だなのまえをとおりすぎました。そして、ついにあなのそばまでやってきたとき、カルペパー夫妻《ふさい》は目《め》をまるくしました。あなのまんまえに、きみょうきてれつな機械《きかい》がおいてあったからです。カルペパーさんは、とりあえずそれを機械《きかい》とよぶしかありませんでした。ほかに、どうよんでいいか、わからなかったからです。じつをいえば、それはかべのあなにすんでいるねずみをつかまえるための、ねずみとりだったのですが。

「いったいぜんたい、かいぶつはこれでなにをしようっていうんだろう？」カルペパーさんはいいました。

「それに、ひどいにおい。」カルペパー夫人《ふじん》も気《き》づいていいました。

「このにおいのもとは、ほれ、この小《ちい》さな物体《ぶったい》だな。」

カルペパーさんはそういって、ねずみとりの上《うえ》にのっていたチーズのかけらにさわりました。

「あなの中《なか》に入《はい》っていって、子《こ》どもたちをすくうためには、まずこの機械《きかい》をどけなくては。このにおいがなければ、しごとはだいぶらくになるはずだ。」

カルペパーさんはそういうと、ねずみとりにのって、チーズのかけらを両手《りょうて》でつかんでもちあげようとしました。

そのとたん、バタン！　と大《おお》きな音《おと》がしたかとおもうと、バネじかけのわなが、カルペパーさんのこしをうち、カルペパーさんは、そのままわなにはさまれて、うごけなくなってしまいました！

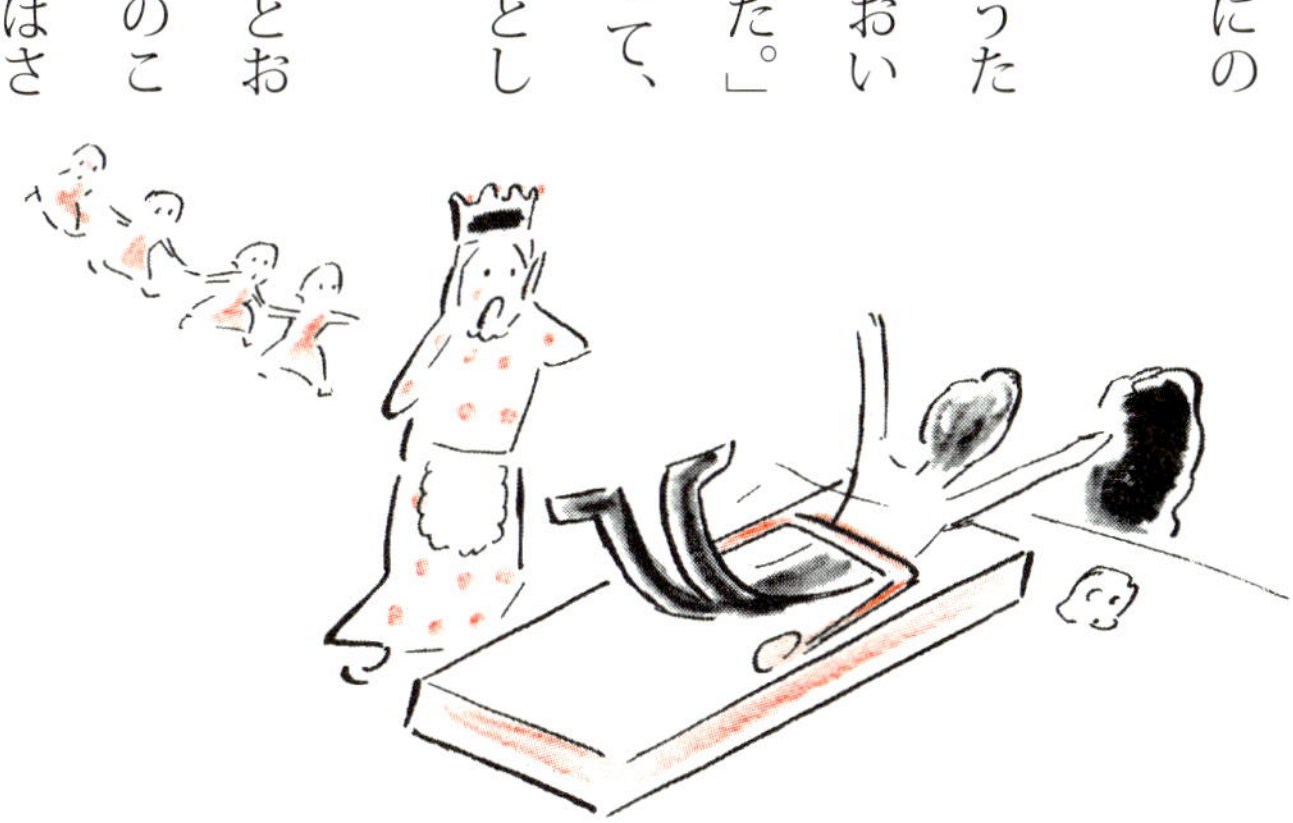

カルペパー夫人《ふじん》は、ひめいをあげました。

カルペパーさんは、なんとかして、わなをおしあげようとしました。でも、わなはびくともしません。

カルペパー夫人《ふじん》は、またも、ひめいをあげました。

女《おんな》の子《こ》たちもかけよってきて、ひめいをあげました。

男《おとこ》の子《こ》たちは、つづいておこったひめいをきいて、さきをいっていた、たんけんたいに、なにがおこったのかと、かけよりました。

そのとき、ねずみが、おどろいたようすで、あなからかおを出《だ》しました。それを見《み》たカルペパー夫人《ふじん》は、またまたひめいをあげました。

ところが、小《ちい》さな子《こ》どもたちはというと、

「こんにちは、ねずみおじさん。ごきげんいかが？」

といっただけでした。

これでさわぎは、おさまりました。

カルペパー夫人《ふじん》は、あっけにとられて、子《こ》どもたちを見《み》つめるばかりでした。カルペパーさんは、ぺたっと、うつむきにおさえつけられたまま、ひとりかんがえました。

「やれやれ。いらぬ心配《しんぱい》をしてしまって。かいぶつとおもっていたが、とんでもない。子《こ》どもたちの知《し》りあいだったんだ。さてと、ここからぬけだしたいが、むりのようだな。たとえぬけだせたとしても、わたしのからだには、まん中《なか》にアンジェリーナのような、しわがよることになる。ああ、なんてことだ！」

それでもカルペパーさんは、できるかぎりへいきなふりをしていいました。「ねずみさんとやら、こうしてお知《し》りあいになれて、じつにうれしい。幸《しあわ》せです。それにしても、あなたのこの機械《きかい》からぬけだす方法《ほうほう》はありませんかな？」

これをきいた男《おとこ》の子《こ》たちは、はじめて、お父《とう》さんがおちいっているじたいに気《き》がつきました。男《おとこ》の子《こ》たちは、ねずみとりの上《うえ》によじのぼって、大声《おおごえ》でたすけをよんだかとおもうと、おりてきてはまたよじのぼり、またおりてきて、まあ、よくうごきまわること！　まるで四人《よにん》が、八人《はちにん》にふえたみたいでした。

そうこうするうち、ようやく男《おとこ》の子《こ》たちは、ねずみとりのどこをどうすれば、お父《とう》さんをすくいだせるかに気《き》がつきました。男《おとこ》の子《こ》たちは、お父《とう》さんをおさえつけているわなをつかむと、おもいきり引《ひ》っぱりあげました。お父《とう》さんはやっと、わなからはいだして、自《じ》由《ゆう》になりました。

カルペパーさんのからだは、わなにバタンと、おさえつけられていただけでしたから、しわはまったくできておらず、立《た》ちあがってかみをなでつけ、ひげをととのえると、たったいま、きりぬかれたばかりのように、すてきなしんしになりました。

あなからもっとからだを出《だ》してきたねずみを見《み》て、カルペパーさんは、おや、小《ちい》さくなっちまった、とおもいました。目《め》しか見《み》えなかったときは、いまよりずっと大《おお》きくおもわれたのです。

あなから出《で》てきたその小《ちい》さなどうぶつは、カルペパー家《け》のみんなに、くりかえし、お礼《れい》をいいはじめました。

「しかし、どうしてお礼《れい》などを?」カルペパーさんはたずねました。

「だって、わなをしめてくれたじゃありませんか。」ねずみはいいました。「これは、わたしをつかまえるためにおかれていたものなんです。でも、みなさんのおかげで、いまではこのチーズがあんしんしてたべられます。」

それからねずみは、ちょっとしせいをただしていいました。

「このおいしいチーズをいかがです？　いっしょにめしあがってみてはくださいませんか？」

カルペパーさんはお礼《れい》をいい、「でも、こんなに、においのつよいものは、どうもにがてでして。」と、ことわりました。

そこへ、カルペパー夫人《ふじん》が、ねずみのかおいろをうかがいながら、ことばをつぎました。「でも、いましばらくここで、おしゃべりにおつきあいいただけないかしら。なにしろお友《とも》だちがいないので。」

「いや、わたしもひとりでして。」ねずみは、けんめいにチーズをかじりながらこたえました。

それをきいたカルペパー夫人《ふじん》は、たちまちねずみが気《き》のどくになりました。

「でも、あたし、ほんとうをいうと、あのかたとなかよしになれるか、心配《しんぱい》だったの。」カルペパー夫人《ふじん》は、あとになって、だんなさんにうちあけました。紙人形《かみにんぎょう》とねずみとでは、なにからなにまでちがっていたからです。

けれど、おつきあいをはじめてみると、ねずみは、とてもれいぎただしく、心《こころ》のやさしい、おだやかなしんしでしたので、カルペパー夫人《ふじん》は、まい日《にち》のようにねずみのあなに立《た》ちよっては、声《こえ》をかけるようになりました。

「ねえ、あなた。お友《とも》だちをほしがってたのは、あたしたちだけじゃなかったのね。」カルペパー夫人《ふじん》はだんなさんにいいました。「あたし、大《おお》きなチョコレートのかけらがゆかにおちてるのを見《み》つけたの。いますぐあのかたにもっていってあげましょ。」

それをきいたカルペパーさんは、「ああ、うちのおくさんは、なんてすてき！」といいました。

5　カルペパー一家《いっか》　はじめて外《そと》の世界《せかい》を知《し》る

カルペパー家《け》の人《ひと》びとは、子《こ》ども部屋《べや》にすっかりなじんで、外《そと》にもっと大《おお》きなひろい世界《せかい》があるなんて、そうぞうしてみることさえしませんでした。

この家族《かぞく》が、空《そら》とおもいこんでいたのは天井《てんじょう》で、地面《じめん》とおもいこんでいたのは、じゅうたんとゆかでした。

みんなは、ひろびろとした野原《のはら》も、そこにさく花《はな》も、いそがしくとびまわる羽虫《はむし》のたてる小《ちい》さな羽音《はおと》にみちた草《くさ》むらも、まったく知《し》りませんでした。知《し》らなければ、ないことをざんねんがることもありません。友《とも》だちはべつとして、ないものではしいとおもうものは、ひとつもありませんでした。

ところが、ある日《ひ》のこと、カルペパー家《け》の人《ひと》びとは、じぶんたちのくらしてきた世《せ》界《かい》が、どんなにせまいものだったかを知《し》るはめになりました。

その日《ひ》、カルペパーさんは、お気《き》に入《い》りのさんぽコースをあるきはじめました。家族《かぞく》もついていきました。やがてみんなは、家《いえ》にもどろうとして、でも、ぐるっと、とおまわりをはじめました。ほんとうのところ、だれもまだ、かえる気分《きぶん》になれなかったのです。

と、そのとき、男《おとこ》の子《こ》たちが、なにをおもったか、きゅうにむきをかえて、げんかんホールにつうじる子《こ》ども部屋《べや》のドアにむかってあるきだしました。お父《とう》さんとお母《かあ》さんは、大声《おおごえ》でよびとめました。男《おとこ》の子《こ》たちは、もどってはきましたが、「ふしぎな光《ひかり》のおびを見《み》つけた。」と、口々《くちぐち》にさわいでいます。

そこで家族《かぞく》のほかの人《ひと》たちも、子《こ》ども部屋《べや》のさきにあるげんかんホールをのぞいてみました。男《おとこ》の子《こ》たちのいうとおり、せまいげんかんのゆかを、たしかにほそくあかるい光《ひかり》のおびがはしっています。

みんなは、そこだけ、なぜあかるいのか見《み》ようとして、おそるおそるその光《ひかり》のおびにちかづいていきました。

いったいこの光《ひかり》はどこから？　せいいっぱいからだをかがめたカルペパー家《け》の人《ひと》びとの目《め》に、もっとずっとあかるい光《ひかり》がとびこんできました。なんとこのとき、みんなは、デビーの家《いえ》の外《そと》につうじる、げんかんのドアの下《した》のすきまから、はじめて戸外《こがい》の光《ひかり》を見《み》たのです。

カルペパー夫人《ふじん》は、「いいかおりのすること！」といいました。

カルペパーさんも、うなずいて、「ほんとうになんて気《き》もちがいいんだろう。」といいました。

女《おんな》の子《こ》たちは、目《め》にとびこんできたこの光《ひかり》の正体《しょうたい》をもっと知《し》りたい、といいだしました。

「よし、みんなでつきとめよう。」と、男《おとこ》の子《こ》たちはいいました。

　そこでカルペパー家《け》の人《ひと》びとは、全員《ぜんいん》はらばいになって、ドアの下《した》をくぐりぬけました。

　くぐりぬけて、ドアのはんたいがわに出《で》た紙人形《かみにんぎょう》の一家《いっか》は、おどろきのあまり、ことばをなくしました。太陽《たいよう》の光《ひかり》は、あたりにあふれていました。頭上《ずじょう》はるか高《たか》いところには、青《あお》い青《あお》い空《そら》がひろがっています。

　カルペパー夫人《ふじん》は、さいしょ、その空《そら》を見《み》たとき、いつもは下《した》にひろがっているじゅうたんが、きょうは上《うえ》にひろがっているんだわ、とおもいました。

　ハチのブンブンいう音《おと》がきこえます。木《こ》の葉《は》のすれあう音《おと》。鳥《とり》のなきかわす声《こえ》。これはまさにカルペパー家《け》の人《ひと》びとがはじめて耳《みみ》にする音楽《おんがく》でした。

カルペパー家《け》の人《ひと》びとは、レンガをしきつめたほどうに立《た》って、目《め》をまるくして、あたりを見《み》まわしました。

やがて子《こ》どもたちは、男《おとこ》の子《こ》も女《おんな》の子《こ》も、草《くさ》むらや花《か》だんにとびこんでいきました。草《くさ》には、つゆが光《ひか》っていました。

あちこちに小石《こいし》があります。かくれんぼする場所《ばしょ》も、よじのぼってあそべる場所《ばしょ》も、いっぱいあります。

カルペパーさんは、レンガ道《みち》の上《うえ》を、ふかくいきをすいこみながらいったりきたりして、「ああ、なんて気《き》もちがいいんだろう。こうしてあるいていると、元気《げんき》が出《で》てくる。」といいました。

カルペパー夫人《ふじん》は、頭上《ずじょう》にさく花々《はなばな》に、すっかり心《こころ》をうばわれてしまいました。

ここの花々《はなばな》は、じぶんたちが、ふんであるく子《こ》ども部屋《べや》のじゅうたんに、ぺたぁとひろがる、いつもほこりっぽいにおいのする花《はな》とは、まるでちがいました。

カルペパー夫人《ふじん》は、花《はな》をそっと下《した》に引《ひ》っぱってのは、かおをおしあてるようにして、あの花《はな》、この花《はな》のかおりをかぎました。それで花《はな》をはなしたときには、カルペパー夫人《ふじん》の鼻《はな》のあたまは、花《か》ふんで黄色《きいろ》くなっていました。

でも、幸《しあわ》せもそこまででした。

紙人形《かみにんぎょう》たちの上《うえ》にのびているりんごの木《き》の小枝《こえだ》には、さっきからすずめが一羽《いちわ》とまって、目《め》を光《ひか》らせていました。すずめはいま、その木《き》でいっしょに巣作《すづく》りをしているおくさんに、なにかはこんでいってやるものはないかと、ひっしでさがしていたのです。

そんなおりもおり、すずめの目《め》にとびこんできたのが、下《した》の地面《じめん》をちらちらうごく、きれいないくきれかの紙《かみ》でした。

「これだ！」すずめはすぐさま、まいおりていって、カルペパー夫人《ふじん》をくわえると、りんごの木《き》のてっぺんまではこんでいってしまいました。

カルペパーさんと子《こ》どもたちは、いっしゅん、なにがおこったのか、わかりませんでした。いまのいままで、カルペパー夫人《ふじん》が立《た》っていたところには、だれもいません。みんなは、かおをあげました。その目《め》をすこしずつ上《うえ》へ上《うえ》へとあげていきました。ついに高《たか》い高《たか》い枝《えだ》の上《うえ》に、できかけの巣《す》があるのが見《み》えてきました。

すずめが二羽《にわ》いるのが見《み》えます。そして、そこにカルペパー夫人《ふじん》も！

みんなは、しんとだまったまま、石《いし》のようにかたまってしまいました。おくさんがつれさられたと知《し》った、さいしょのショックがおさまると、カルペパーさんは、じぶんにいいきかせました。

「いまこそ、さいこうにかしこく、ゆうきをもって、こうどうしなくては。」

でも、いくらかんがえても、これという名案《めいあん》はうかびませんでした。カルペパーさんは、なんどもなんども、木《き》にのぼろうとしましたが、そのたびにしっぱいしました。

「だが、のぼっていけたとして、このわたしになにができる？」

カルペパーさんは、ついに口《くち》ひげをひっぱりながら、かんがえはじめました。

あんまり口《くち》ひげをいじったので、そのうち口《くち》ひげは、くしゃくしゃになってしまいました。子《こ》どもたちは手《て》をつないで、高《たか》い枝《えだ》の上《うえ》につれていかれたお母《かあ》さんを見上《みあ》げ、外《そと》になんか出《で》てこなければよかった、とこうかいしはじめました。

こんなにお母《かあ》さんが好《す》きなのに。こんなにだいじなお母《かあ》さんなのに。子《こ》どもたちは、なんとしてもお母《かあ》さんをとりかえしたい、とおもいました。ほんとうにもう、どうしても！

りんごの木《き》では、すずめの夫婦《ふうふ》がピチピチ、ジュクジュク、はなしていました。カルペパー夫人《ふじん》をくわえてきたすずめは、巣《す》のはじっこに夫人《ふじん》をおろすと、そのきれいな紙《かみ》をやぶらないように気《き》をつけて、足《あし》でそっと夫人《ふじん》をおさえました。

「ごらんよ。ほら、巣《す》にいいとおもってね。」と、すずめはいいました。

でも、すずめのおくさんは、カルペパー夫人《ふじん》を見《み》て、「なんなのよ、これ？」と、うさんくさそうにききました。

「紙《かみ》だよ。それもただの紙《かみ》じゃない。きれいだろ？」いわれてすずめのおくさんは、すずめのやりかたでにおいをかぎましたが、じきににこりともしないでいいました。

「そうね。たしかに紙《かみ》だわ。でもいま、わたしたちにひつようなのは糸《いと》くずなのよ。こんな紙《かみ》、なんのやくにも立《た》たないわ。」

「そうか。」すずめのだんなさんは、すこしばかりふくれていいました。「だけど、こいつを見《み》つけたのは、ぼくだ。とっておきたいな。」

カルペパー夫人《ふじん》はというと、地面《じめん》からひきはなされて、それだけでもびっくりぎょうてんなのに、そのうえ空中《くうちゅう》をすごいはやさではこばれて、もういきもたえだえでした。そこへもってきて、なんということ。なまいきったらありゃしない。ひとをふんづけておいて、こともあろうに、この鳥《とり》たち、あたしのことを〈こいつ〉だなんて。ひどい！　がまんできないわ。カルペパー夫人《ふじん》は、いきり立《た》ち、ついにふるえる声《こえ》でめいれいしました。「いますぐあたくしをおろしなさい。いますぐに！」

すずめ夫婦《ふうふ》のおどろいたのなんの。

「これ、ものがいえるじゃないの。」すずめのおくさんはいいました。

「あたくしは、〈これ〉でも、〈こいつ〉でもございません。」カルペパー夫人《ふじん》は、いいはなちました。「あたくしは、かしこく、ゆうかんな男性《だんせい》の妻《つま》にして、すばらしい八人《はちにん》の子《こ》どもの母親《ははおや》でございます。それなのにあなたときたら、あたくしのエプロンまでくしゃくしゃにして。さあ、いますぐあたくしを下《した》におろしなさい！」

「あのう、なにかいきちがいがあったようで。」カルペパー夫人《ふじん》を足《あし》でおさえていたすずめがいいだしました。「悪気《わるぎ》はなかったんです。おくさまをこまらせようなんて、そんな。ええ、ご家族《かぞく》のところにおもどりになってください。いますぐ。お子《こ》さまが八人《はちにん》だなんて、それはすばらしい！」

　というわけで、下《した》では子《こ》どもたちが、いよいよなみだをこらえきれなくなり、カルペパーさんはカルペパーさんで、どうしたらこの子《こ》たちの父親《ちちおや》をしながら、どうじに母親《ははおや》のやくわりまで引《ひ》きうけられるだろうかと、かんがえはじめていた

ちょうどそのとき、カルペパー夫人《ふじん》は、木《き》の上《うえ》からひらひらとまいおりてきました。

カルペパー夫人《ふじん》は、ミントの苗床《なえどこ》にちかい地面《じめん》に、ふわっとあおむけにちゃくちしました。家族《かぞく》は、いっせいにかけよりました。カルペパーさんが、おくさんをだいて、おこしてやりました。

「ああ、よかった。さあ、もうだいじょうぶだ。」カルペパーさんは、おくさんにいいました。

「たいへんだったわね、お母《かあ》さん。」女《おんな》の子《こ》たちは気《き》がゆるんで、いまになってなきだしました。

男《おとこ》の子《こ》たちは、ミントの苗床《なえどこ》にはしっていって、葉《は》っぱを一《いち》まいむしると、それをお母《かあ》さんのかおにちかづけました。このつよいかおりこそ、いま、お母《かあ》さんにひつようなものでした。

お母《かあ》さんは、五《ご》、六《ろっ》かい、ふかくいきをすいこむと、「ああ、すっかり元気《げんき》になったわ。」といって、わすれな草《ぐさ》のうえこみのかげにこしをおろしました。

それからカルペパー夫人《ふじん》は、家族《かぞく》のみんなに、じぶんのとてつもないぼうけんと、そのときかんじたことをはなし、すずめ夫婦《ふうふ》がどんなことをいい、じぶんはそれにどうおうじたかを、なんかいもはなしてきかせました。

「でも、あたしは、あの生《い》きものをせめたりはしないわ。あれは、うっかりしたまちがいだったんだもの。あちらさんは、そりゃあ、ていねいにあやまってくれたのよ。それにしても、お気《き》のどく！」

カルペパー夫人《ふじん》はそういって、くびをよこにふりながら、ためいきをつきました。

「どうして？」カルペパーさんは、ちょっと気《き》になってたずねました。

「あら、だって、あちらさんは地面《じめん》をはなれた高《たか》いところでくらさなきゃならないのよ。それに家《いえ》ときたら、わらと、草《くさ》と、糸《いと》くずでできてるの。あんな家《いえ》で、よくがまんできるものだわ。あんなところで子《こ》そだてしようだなんて！」

だれもしばらくだまっていました。

ハチが一《いっ》ぴきとんできて、すぐそばの花《はな》のあいだを、ブンブンいいながらとびまわりました。

アンジェリーナがふと見《み》ると、一《いっ》ぴきのカタツムリが、からをせおって、草《くさ》むらに入《はい》っていこうとしています。

アンジェリーナは、おちていた小枝《こえだ》をひろって、カタツムリをくすぐりました。カタツムリは、うごきをとめて、アンジェリーナをにらみつけました。

アンジェリーナは、お母《かあ》さんのもとにかけよりました。みんなは、あたたかなわらい声《ごえ》をあげました。

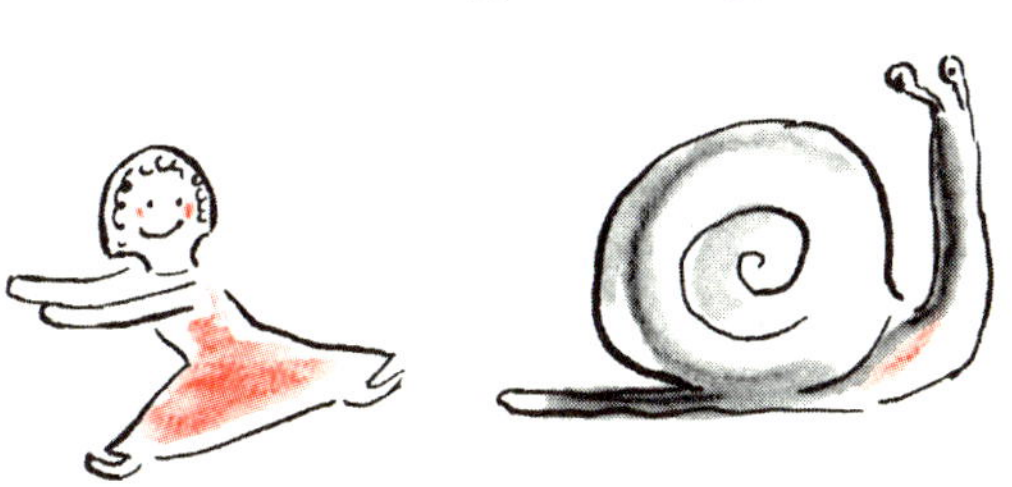

すずめの夫婦《ふうふ》は、巣《す》につかう糸《いと》くずをさがしに出《で》てきましたが、とちゅう、ひくい枝《えだ》にとまって、カルペパー夫人《ふじん》にさえずりかけました。

それから二羽《にわ》のすずめは、ほんのすこし、あたりをとびまわると、さっきまで巣《す》でしていたけんかなど、すっかりわすれて、たのしそうにどこかへとんでいってしまいました。

「家《いえ》の外《そと》って、どこもかしこも、なんてうつくしいんでしょう！　めずらしいものばっかりだし。なんだかわくわくしてきてしまう！」と、カルペパー夫人《ふじん》はいいました。「こうなったら、もう、まい日《にち》ここに出《で》てこなくちゃ。」

「そうだね。だったら、まい日出《にちで》てこよう。」カルペパーさんもさんせいしました。

「それに外《そと》はとてつもなくひろいから、ひょっとすると、うちみたいな家族《かぞく》と出《で》くわすかもしれない。そうしたら、友《とも》だちになれるかもしれないな。」

このカルペパーさんのことばに、カルペパー夫人《ふじん》は、ますます元気《げんき》になって、それからなん日《にち》も、よるとさわると、そのはなしばかりしていました。

6　カルペパー夫人《ふじん》のたんじょう日《び》

それからというもの、カルペパー家《け》の人《ひと》びとは、せっせと外《そと》に出《で》ていくようになりました。カルペパー夫人《ふじん》は、すずめのおくさんがとまっている小枝《こえだ》の下《した》に立《た》ち、家事《かじ》や子《こ》そだてのくろうばなしをおたがいしたりもしました。でも、カルペパー夫人《ふじん》は、すずめのおくさんとのおしゃべりを、かならずしもたのしんではいませんでした。

「だって、あんなにちがったくらしかたをしている人《ひと》とわかりあえるなんて、むりよ。」カルペパー夫人《ふじん》はいいました。「あのすずめの家《いえ》のきたないこと！　そのうえ、おくさんったら、虫《むし》をとってきて、子《こ》どもたちの口《くち》に入《い》れてやるべきだって、会《あ》うたびにいうのよ。まったく、なんてことでしょう！」

でも、どんなにねがっても、紙人形《かみにんぎょう》の友《とも》だちは、外《そと》にもまったく見《み》つからず、カルペパー家《け》の人《ひと》びとは、がっかりしてしまいました。

ところが、ある日《ひ》、みんなに、しばらくのあいだ、外《そと》のことをわすれさせてしまうできごとがおこりました。

デビーが、子《こ》ども部屋《べや》でたんじょう日《び》パーティーをひらいたのです。パーティーには、デビーの友《とも》だちがやってきました。部屋《へや》は、おくりものや、ふうせんでいっぱいになり、大《おお》きなケーキには、ロウソクがともされました。なにがはじまるというのでしょう。カルペパー家《け》の人《ひと》びとは全員《ぜんいん》、紙《かみ》の家《いえ》のげんかんさきに立《た》って、身《み》うごきひとつせず、つぎつぎにおこることをなにひとつ見《み》のがすまいと、目《め》をさらのようにして見《み》つめていました。

デビーの友《とも》だちがかえっていくと、カルペパー家《け》の人《ひと》びとのはなしは、もちろん、おわったばかりのパーティーのことでもちきりになりました。

「たんじょう日《び》のパーティーって、なんてすてきなんでしょう！」カルペパー夫人《ふじん》は、こうふんしていいました。「でも、ケーキのロウソクだけはべつ。あれはあつそうだし、なんか気《き》もちがおちつかないわ。でも、あのおくりもの！　それにおたのしみ会《かい》もほんとによかった！　あたしたちにもたんじょう日《び》があったらねえ。」

だんなさんのカルペパーさんは、それをきくと、すぐさま、おくさんのたんじょう日《び》パーティーをひらくことにきめました。カルペパー夫人《ふじん》は、さいしょ、よろこびました。でも、しばらくして、いいだしました。

「だけど、どなたをおまねきするの？　うちはお友《とも》だちといっても、あのねずみさんと、すずめの若夫婦《わかふうふ》だけ。あのご夫婦《ふうふ》じゃ、げんかんのドアの下《した》はくぐれないし、ねずみさんは、たんじょう日《び》パーティーのケーキののこりをさがしに、どこかへいってしまったし。」

カルペパーさんは、おきゃくのことはかんがえていませんでした。

つぎにカルペパー夫人《ふじん》が心配《しんぱい》しだしたのは、ケーキがなくてもだいじょうぶか、ということでした。いわれて全員《ぜんいん》が、すこし心配《しんぱい》になってきました。

「でも、プレゼントがあるじゃない。それにゲームだって。」と、女《おんな》の子《こ》たちがいいだしました。

「そうだよ。デビーが友《とも》だちとやるのを見《み》ていて、ぼくたち、あたらしいゲームもおぼえたし。」男《おとこ》の子《こ》たちも、いきおいづきました。

それでみんなは、また元気《げんき》をとりもどし、子《こ》どもたちは男《おとこ》の子《こ》も女《おんな》の子《こ》も、ケーキがなくても、友《とも》だちがいなくても、お母《かあ》さんのたんじょう日《び》パーティーを、とびきり幸《しあわ》せなパーティーにしよう、と心《こころ》にきめました。

みんなは、おくりものをさがしに出《で》かけました。のこったカルペパー夫人《ふじん》はというと、それには気《き》づかないふりをして、あの鉢《はち》この鉢《はち》に花《はな》をかざりました。みんなをあっといわせたかったのです。

さて、家《いえ》を出《で》た子《こ》どもたちは、男《おとこ》の子《こ》も女《おんな》の子《こ》も、あちこちさがしてまわりました。子《こ》どもたちは、表紙《ひょうし》にきれいな絵《え》のある本《ほん》を見《み》つけましたが、これはおもくてうごかすことができませんでした。子《こ》ど

もたちは、テーブルの下《した》に、もう長《なが》いことところがっていたデビーのくつのかた方《ほう》をのぞいてみました。でも、中《なか》には、なにも入《はい》っていませんでした。子《こ》どもたちは、がっかりしてかおをあげました。

と、あたまとすれすれの高《たか》さに、テーブル下《した》のたながあって、そこに、これまで見《み》たことのないかごがのっているのを見《み》つけました。男《おとこ》の子《こ》たちは、かごの中《なか》を見《み》ようと、すぐさまたなの上《うえ》にはいあがりました。

「きてごらん！」男《おとこ》の子《こ》たちは、女《おんな》の子《こ》たちをよびました。「たんじょう日《び》のおくりものが、なにもかもそろってるよ。」

女《おんな》の子《こ》たちも、たなにはい上《あ》がりました。男《おとこ》の子《こ》たちのいうとおり、そこには、たしかにほしいものがなにもかもそろっていました。はさみもあれば、糸《いと》まきもあれば、ピンもあります。針《はり》もあれば、ゆびぬきもあれば、カギ針《ばり》もあります。子《こ》どもたちは、かごの中《なか》にとびこんで、お母《かあ》さんは、どれを一《いち》ばんよろこぶだろう、とかんがえはじめました。

女《おんな》の子《こ》のうちの三人《さんにん》は、銀《ぎん》のゆびぬきにしよう、ときめました。とってもうつくしかったからです。男《おとこ》の子《こ》たちは、針山《はりやま》をもっていこう、ときめました。針山《はりやま》は、ふっくらとまるくて、赤《あか》く、まるでトマトのようです。男《おとこ》の子《こ》たちは、これだったらお母《かあ》さんがつかれたとき、こしをおろすのにぴったりだ、とおもったのでした。そこで男《おとこ》の子《こ》たちは、いっしょけんめい針山《はりやま》から針《はり》という針《はり》をぬく作業《さぎょう》にとりかかりました。針《はり》は一本《いっぽん》たりと、のこしてはいけません。

アンジェリーナは、空色《そらいろ》のフランネルの布《ぬの》のきれはしをえらびました。これだったら、陽《ひ》がしずんでさむくなったとき、肩《かた》かけにつかってもらえる、とおもったからです。

子《こ》どもたちは、それぞれにえらんだおくりものを家《いえ》にもってかえって、だんろの十能《じゅうのう》（石炭《せきたん》すくい）のうしろにかくしました。ここなら、あしたの朝《あさ》まで見《み》つかりっこありません。

そのばん、カルペパー家《け》の人《ひと》びとは、みんな、にこにこ、にこにこしていました。子《こ》どもたちは、すてきなおくりものが見《み》つかったから。カルペパーさんが、にこにこしていたのは、ひみつがあったからで、でも、だれにもいいませんでした。カルペパー夫人《ふじん》が、にこにこしていたのは、たんじょう日《び》をむかえるからでした。

つぎの日《ひ》は、うつくしくはれわたりました。みんなは朝《あさ》はやくおきて、カルペパー夫人《ふじん》に、「おたんじょう日《び》、おめでとう！」と、元気《げんき》にあいさつしました。

カルペパー夫人《ふじん》は、ひとりずつみんなをだきしめました。

あいさつがおわるのをまって、カルペパーさんは、おくさんにいいました。

「じつは、びっくりさせたいものがあるんだ。ぜんぶ、この紙《かみ》の家《いえ》の外《そと》にあるから、出《で》て見《み》てごらんよ。」

カルペパー夫人《ふじん》は、むねをおどらせて、紙《かみ》の家《いえ》のげんかんのドアをおしました。ところが、ドアはあきません。カルペパー夫人《ふじん》は、もう一《いち》ど、おしました。やっぱりあ

きません。

「これも、あたしをびっくりさせるもののひとつなの？」カルペパー夫人《ふじん》は、心配《しんぱい》になってききました。

「とんでもない。」カルペパーさんは、すぐにとんできて、じぶんでもドアをおしてみました。

子《こ》どもたちもつぎつぎとやってきて、みんなでドアをおしました。でも、ドアは、びくともしませんでした。このままでは、カルペパー夫人《ふじん》は、おくりものを見《み》に外《そと》へ出《で》ていくことができません。

「こうなったら、できることはひとつ。」カルペパーさんはついにいいました。「まどからはい出《で》て、なぜあかないのか、げんいんをつきとめることだ。」

カルペパーさんは、家族《かぞく》みんなに中《なか》にいるようにいって、じぶんだけひとり、まどから出《で》ていきました。外《そと》に出《で》て、ドアを見《み》るなり、おどろいたのなんの。ぎょっとして、その場《ば》に立《た》ちすくんでしまいました。夜《よる》のあいだに、一《いっ》ぴきのくもが、ドアぜんたいに巣《す》をかけてしまっていたのです！　これではドアがびくともしないはずです。

さて、どうするか。カルペパーさんは、くもの巣《す》に手《て》を出《だ》すことはしませんでした。

じぶんが、からめとられてしまうことをおそれたのです。

カルペパー夫人《ふじん》はというと、まどべに立《た》って、だんなさんのようすをうかがっていました。

「すぐにもここを出《で》たいんだけど。」と、カルペパー夫人《ふじん》はいいました。

カルペパー夫人《ふじん》は、外《そと》に出《で》られない家《いえ》になんか、一日《いちにち》たりといたくなかったのです。

だんなさんが外《そと》にいて、じぶんと子《こ》どもたちは中《なか》にいるなんて、とてもじゃないけど、たえられない。ぜったいにたえられないことでした。

「しかし、ドアはあかないときてる。どうやって外《そと》に出《で》るっていうんだい？」

カルペパーさんは、すこしいらだってこたえました。

おくさんから、こたえはありませんでした。

そのとき、ふと、男《おとこ》の子《こ》たちが、あのかごの中《なか》にあったカギ針《ばり》のことをおもいだしました。

男《おとこ》の子《こ》たちは、まどから身《み》をのりだすと、部屋《へや》のむこうのテーブル下《した》のたなにのった、かごをゆびさして、口々《くちぐち》にお父《とう》さんにつたえました。

カルペパーさんは、もうれつないきおいでかけだし、カギ針《ばり》を見《み》つけて、すぐにもどってきました。なるほど、くもの巣《す》をとりはらうのに、これいじょうのものはありません。すこしずつすこしずつカルペパーさんは、くもの巣《す》をとっていきました。

と、その作業《さぎょう》のとちゅうに、巣《す》をかけたくもがもどってきました。朝《あさ》ごはんのえものに、なにがつかまったか、見《み》にきたのです。もどってきたのは、八本足《はっぽんあし》の黒《くろ》いくもで、いじのわるそうなかおをしています。くもに気《き》づいたカルペパー夫人《ふじん》と、子《こ》どもたちがさわぎはじめました。

カルペパーさんはふりかえって、はじめてくもとかおをあわせました。

カルペパーさんは、いきをのみました。カルペパーさんはつかれて、かっかしていました。

それで、カギ針《ばり》をもちあげると、くものあたまめがけて、ふりおろしました。くもは、ただもうびっくりして、部屋《へや》のすみにはしっていきました。なぜ、いきなりたたかれたのか、さっぱりわかりません。

ようやくげんかんのドアがあいて、カルペパー家《け》の人《ひと》びとは、外《そと》のカルペパーさんと合流《ごうりゅう》しました。カルペパー夫人《ふじん》は、だんなさんの、あせにまみれたほこりだらけのかおと、くもの巣《す》のはりついたふくを、じぶんのエプロンでぬぐってやりました。

それから、やっとカルペパー夫人《ふじん》は、子《こ》どもたちからのおくりものを手《て》にすることができました。銀《ぎん》のゆびぬきも、針山《はりやま》も、フランネルの布《ぬの》のきれはしも、カルペパー夫人《ふじん》は、大《おお》よろこびしました。

でも、カルペパーさんからのおくりものは、どこにも見《み》つかりません。と、夫《おっと》のカルペパーさんは、口《くち》ひげをひねりながらいいました。

「わたしのおくりものは、さんぽ。そして、さいごにちょっとしたものがまっているんだ。」

カルペパー夫人《ふじん》は、それをきいて、「また汽車《きしゃ》にでものるんじゃないでしょうね？」と、すこし心配《しんぱい》そうにききました。

だんなさんは、「いや、それはない。」とこたえました。

それからカルペパーさんは、家族《かぞく》みんなを引《ひ》きつれて、部屋《へや》をよこぎり、大《おお》きなあんらくいすをのぼり、テーブルの上《うえ》に立《た》ちました。

と、目《め》にとびこんできたものは⁉

みんな、もう、びっくりぎょうてん！　なんと、ガラス鉢《ばち》の中《なか》を二《に》ひきの金魚《きんぎょ》がおよいでいたのです。全員《ぜんいん》がはじめて目《め》にするものでした。

カルペパー夫人《ふじん》は、「この生《い》きものは、色《いろ》もきれいなら、うごきもとってもゆうがね。」といいました。「でも、ひとつだけわからない。水《みず》の中《なか》にいるのに、どうしてからだがくずれていかないの？　わたしたちだったら、だめになっちゃうのに。」

金魚《きんぎょ》たちが、じぶんのいるほうにおよいでくると、カルペパー夫人《ふじん》は、だんなさんをすこしだけまえにおしやりました。金魚《きんぎょ》が、なにかたべたそうに、口《くち》をあけたりしめたりしていたからです。

でも、カルペパーさんが、「だいじょうぶ。こわいことなんかなんにもないから。」

といったので、おくさんは、あんしんしました。

そのうち、ふと見《み》れば、カルペパー夫人《ふじん》は、ガラス鉢《ばち》にかおをおしつけるようにして、二《に》ひきの金魚《きんぎょ》が鉢《はち》の中《なか》のすてきなおしろを、出《で》たり入《はい》ったりするのに見入《みい》ってい

ました。

「ああ、このおくりものをきょうのたんじょう日《び》に手《て》にすることができたら。」と、カルペパー夫人《ふじん》はおもいました。

でも、家族《かぞく》はだれも、どうやって金魚《きんぎょ》を鉢《はち》から出《だ》したらいいか、わかりませんでした。しばらくして、カルペパー家《け》の人《ひと》びとは、家路《いえじ》につきました。カルペパー夫人《ふじん》は、じゅうたんの上《うえ》をあるきながら、なにかしきりに、かんがえているふうに見《み》えました。とうとうカルペパー夫人《ふじん》は、子《こ》どもたちをじぶんのところによんで、みんなのおくりものは、とっても気《き》に入《い》ってるし、こんなに母《かあ》さんのことをあいしてくれて、どれだけみんなにかんしゃしていることか、とはなしてきかせました。

「でもね、」と、カルペパー夫人《ふじん》はつづけました。「母《かあ》さん、かんがえたの。あなたたちが見《み》つけたものは、もとあったところにかえすべきじゃないかって。これはみんな、デビーのお母《かあ》さんのものでしょう？　だったらここにおいては、いけないんじゃないかしら？　友《とも》だちがほしいっておもうのなら、こちらだって、それらしくふるまわなくては。」

というわけで、おくりものは、ぜんぶもとのかごにもどされました。

そのあと、カルペパー夫人《ふじん》は、かえしたものや、そのほか、かごにあるものを家族《かぞく》といっしょによく見《み》にいきました。でも、あの針山《はりやま》には、けっきょくのところ、こしをおろすことはありませんでした。男《おとこ》の子《こ》たちといっしょに、ぬいた針《はり》を一本《いっぽん》のこらず、ていねいにもとにもどしたからです。

7　カルペパー一家《いっか》　くもとちかづきになる

カルペパーさんは、おくさんのたんじょう日《び》のあと、なん日《にち》もなん日《にち》も、あのときのくもをさがして、子《こ》ども部屋《べや》をあるきまわっていました。

「だけど、父《とう》さん、どうしてあのくもが気《き》になるの？」子《こ》どもたちはききました。「あんなみにくいくもが。」

「みにくかろうが、そうでなかろうが、あんなふうに、たたくべきじゃなかったんだ。」カルペパーさんはいいました。「じぶんを名《な》のるきかいさえ、父《とう》さんはあのくもにあげなかったんだよ。どうやっても見《み》つけだして、あやまらなくては。あやまるといっても、もちろん、すこしはなれたところからだがね。」

カルペパーさんは、さいごのことばをそっとつけたしました。あのくもの性質《せいしつ》がまだよくわかっていなかったからです。でも、くもはいつまでたっても見《み》つかりませんでした。

男《おとこ》の子《こ》たちもくもをさがしました。男《おとこ》の子《こ》たちは、くもの巣《す》を見《み》つけると、かたっぱしから引《ひ》きやぶり、ほこりとくもの巣《す》だらけになって、ワァワァいいながらかえってきました。

カルペパー夫人《ふじん》は、こんなむすこたちのことが心配《しんぱい》でたまりませんでしたが、カルペパーさんは、「くもを見《み》つけたら、まっすぐ家《いえ》にもどってきて、父《とう》さんと母《かあ》さんに知《し》らせるんだよ。」といい、「知《し》らないあいてには、足《あし》をとめてはなしかけるなんてことは、けっしてしてはいけない。とりわけ知《し》らないくもにはな。」と、ちゅういするにとどめました。

「心配《しんぱい》することはない。だいじょうぶだよ。」カルペパーさんは、おくさんにいいました。「あの子《こ》たちは、ぼうけんしたくてたまらないんだ。それにじぶんの身《み》をまもることも、学《まな》ばなくてはいけないし。」

「でも、子《こ》どもだけで出《で》かけるには、まだはやすぎるんじゃないかしら。」と、カルペパー夫人《ふじん》はいいました。「それに男《おとこ》の子《こ》って、トラブルにまきこまれやすいでしょ。ああ、おなじ年《とし》ごろの男《おとこ》の子《こ》たちがほかにいてくれたらいいのに。そしたらあの子《こ》たちだって、安全《あんぜん》な家《いえ》の中《なか》でけっこうたのしくあそぶでしょうに。とにかく、友《とも》だちよ。友《とも》だちさえいてくれたら。」

男《おとこ》の子《こ》たちは、お母《かあ》さんのことばを耳《みみ》にして、そういえば、いまはたのしい気分《きぶん》じゃないな、とおもいました。たしかにきょうは、まだわくわくすることに出会《であ》っていません。やっぱりぼうけんしなきゃ。そこで男《おとこ》の子《こ》たちは、また家《いえ》をとびだしました。

男《おとこ》の子《こ》たちが、ゆりいすのそこ足《あし》をすべり台《だい》がわりにしてあそぼうと足《あし》をとめて、ふとふりかえると、アンジェリーナがついてきていました。

「きみはかえったほうがいいよ、アンジェリーナ。」と、男《おとこ》の子《こ》たちはいいました。

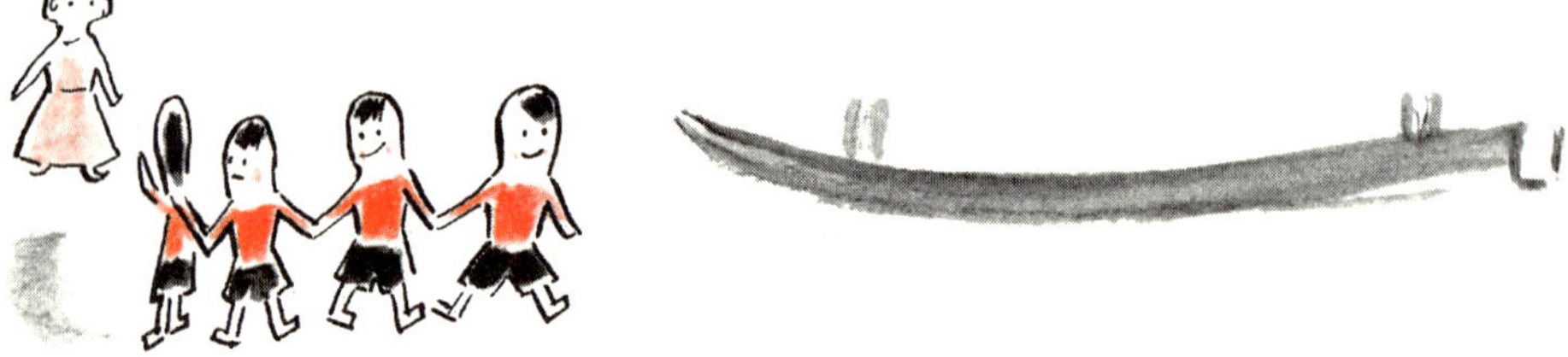

でも、アンジェリーナは、「かえりたくない。」といいます。アンジェリーナも、ぼうけんがしたかったのです。そこで男《おとこ》の子《こ》たちは、じぶんたちにめいわくをかけなければ、いっしょにいてもいいことにしました。

子《こ》どもたちは、テーブルの下《した》に、デビーのなわとびのなわがおちているのを見《み》つけました。子《こ》どもたちは、それをヘビとかんちがいしました。まえに庭《にわ》でかわいらしい小《ちい》さなガーターヘビを見《み》たことがあったからです。

子《こ》どもたちは、そっとつついてみました。でも、うごかないので、子《こ》どもたちは、汽車《きしゃ》のほうにむかいました。

男《おとこ》の子《こ》たちとアンジェリーナは、車両《しゃりょう》のひとつにのりこんで、りょこう気分《きぶん》をあじわうことにしました。汽車《きしゃ》をうごかさなかったのは、お母《かあ》さんからもお父《とう》さんからも、かたくき

んじられていたからです。

でも、そのうち汽車《きしゃ》にもあきて、子《こ》どもたちは、かくれんぼをはじめました。アンジェリーナは、デビーのティーセットの砂糖入《さとうい》れにかくれたので、男《おとこ》の子《こ》たちになかなか見《み》つかりませんでした。

そのあと、男《おとこ》の子《こ》たちは、とうとうくもの巣《す》さがしをはじめ、おもちゃのタンスと、かべのあいだに、巣《す》がひとつかかっているのを見《み》つけました。でも、高《たか》くて手《て》がとどきません。

「どうやったら、あそこまでいけるかなぁ。」男《おとこ》の子《こ》のひとりがいいました。「カーテンをのぼったら？」べつの男《おとこ》の子《こ》がいいました。

「だめよ。」と、アンジェリーナがいいました。

「またはじまった。うるさいなぁ。」三人目《さんにんめ》の男《おとこ》の子《こ》がいいました。

「のぼってみようぜ。」四人目《よにんめ》の男《おとこ》の子《こ》のかけ声《ごえ》で、男《おとこ》の子《こ》たちは、するするとカーテンをのぼりはじめました。

みんなかるかったので、のぼっていくのは、かんたんでした。両《りょう》がわの男《おとこ》の子《こ》が、かた手《て》でカーテンをつかみ、あいたほうの手《て》でまん中《なか》のふたりの手《て》をとって、引《ひ》っぱりあげていくと、すべてはうまくいきました。

カーテンは、おもちゃのタンスのすぐわきにかかっていましたから、気《き》がつくと、男《おとこ》の子《こ》たちは、くもの巣《す》をまぢかに見《み》おろすところまできていました。

でも、高《たか》いところにいるということは、おちるきけんもあるということ。くもの巣《す》がすぐ下《した》にあるということは、巣《す》の中《なか》におちこむきけんもあるということです。そして、男《おとこ》の子《こ》たちは、ほんとうにそうなってしまいました。

くもの巣《す》に引《ひ》っかかった男《おとこ》の子《こ》たちは、右《みぎ》に左《ひだり》にからだのむきをかえたりひねったりして、もがきました。でも、もがけばもがくほど、くもの巣《す》がからみついて、身《み》うごきできなくなっていきます。ついにからだじゅうがほてり、つかれきった男《おとこ》の子《こ》たちは、あきらめてくもの巣《す》にぐったりと身《み》をまかせ、友《とも》だちさえいたら、家《いえ》にいることだって、ちっともいやじゃなくなるのにな、とおもいました。

アンジェリーナはというと、すぐにお父《とう》さんをよびに、かけていきました。

カルペパーさんは、すこしばかりドキッとしたようでした。

カルペパーさんは、アンジェリーナに、「むこうへいって、ほかの女《おんな》の子《こ》たちとあそんでいなさい。」といい、お母《かあ》さんが心配《しんぱい》するから、だまっているようにといいつけると、ひとりでむすこたちのようすを見《み》にいきました。

男《おとこ》の子《こ》たちには、なん時間《じかん》もなん時間《じかん》もたったとおもわれるころ、ようやくお父《とう》さんが、すがたをあらわしました。カルペパーさんは、むすこたちがくもの巣《す》につかまっているのをひと目《め》で見《み》てとって、あたまをかかえました。くもの巣《す》は、手《て》のとどか

ない高《たか》いところにかかっています。まえにつかったかぎ針《ばり》は、だいぶはなれたところにあります。くもはいつあらわれるかわかりません。いったいどうやったら、この四《よ》人《にん》の子《こ》どもをくもの巣《す》からすくいだせるのでしょう。カルペパーさんは、ひげを引《ひ》っぱりながら、その場《ば》に立《た》って、かんがえにかんがえつづけました。

男《おとこ》の子《こ》たちは、口《くち》をぱくぱくひらいて、ここからにげだす方法《ほうほう》をはやくかんがえだしてよ、といおうとしました。でも、くもの巣《す》が口《くち》の中《なか》にまで入《はい》っているせいで、いきがつまり、けっきょくことばにはなりませんでした。

ようやくカルペパーさんのあたまのすみに、ちらっと名案《めいあん》がうかびました。ところが、ちょうどそのとき、すぐうしろで「失礼《しつれい》ですが――」と、ぞっとする声《こえ》がしました。

カルペパーさんは、とびあがりました。なんとあのくもでした。こんど会《あ》ったら、すこしはなれたところから、大声《おおごえ》でくもにあやまろうとおもっていたのに、カルペパーさんのおもわくは、まったくはずれました。でも、カルペパーさんは、二《に》、三《さん》ぽうしろに引《ひ》きさがると、せいいっぱいおちついた声《こえ》でいいました。

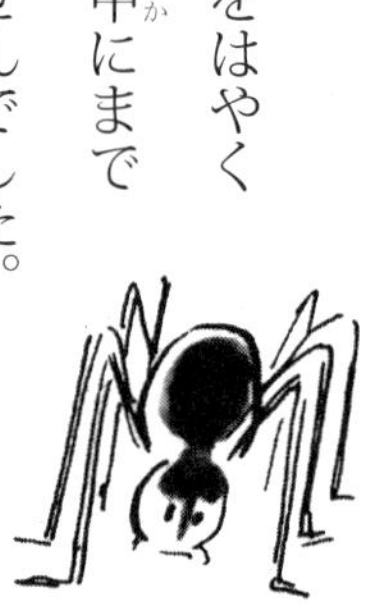

「そのまま、そのまま。わたしがあなたさまの立場《たちば》だったら、これいじょうは、ちかづきませんな。ちかづきませんとも、だんじて。ここにいるのは、ごぞんじのとおり、うちのむすこたちです。ええ、そのまま、これいじょう、ちかづかれぬが肝要《かんよう》とぞんじますが。」

くもは、おもいがけないあいさつにおどろいて、二《に》、三《さん》ぽうしろに引《ひ》きさがると、おもむろに口《くち》をひらきました。

「あの、もうしあげるまでもないことですが、おたくやおたくのむすこさんたちをどうこうしようなんて、わたしはそんなこと、まったくおもってはおりません。」

カルペパーさんは、どうへんじしたらいいか、わかりませんでした。くもはつづけました。

「わたしはただ、おたくにもおたくのむすこさんたちにも、なんとかこれいじょう、わたしの巣《す》をこわしていただきたくないと、ただそうねがっておるだけでして。おわかりでしょう、わたしは食《た》べものを巣《す》でとらえるのです。だから巣《す》がこわされたら、食《た》べものが手《て》に入《はい》らなくなってしまう。おたくさんたちのおかげで、わたしのくらしはたいへんなことになっています。食《た》べるものはなくなるし、もうほんとにたいへんなんです。」

「これはなんてことを。」カルペパーさんは、こたえていいました。「すこしもぞんじませんでした。ほんとうにもうしわけありません。ところで先日《せんじつ》、たたいてしまったところ、こぶはできませんでした？」

「ほんのすこしね。」くもはまえ足《あし》を一本《いっぽん》あげて、たたかれたところをちょっとなでてみせました。

このとき、男《おとこ》の子《こ》たちが、くるしそうなうめき声《ごえ》をあげました。くもは、おもちゃのタンスのふちをはいあがると、じぶんのからだは、まったく巣《す》に引《ひ》っかけないで、子《こ》どもたちを巣《す》からはなしてやりました。ほどなく男《おとこ》の子《こ》たちは、ほこりとくもの巣《す》

だらけのからだをお父《とう》さんのまえにはこんできて、全員《ぜんいん》あたまをたれてならびました。

くもは、ぼろぼろにされたじぶんの巣《す》をかなしそうに見《み》やって、ためいきをつきました。

「さあ、ひとさまにひどいごめいわくをおかけしてしまったときは、どうすればいい？」カルペパーさんは、むすこたちにききました。

男《おとこ》の子《こ》たちは、くものほうにむきなおって、「ごめんなさい」と、きえいるような声《こえ》であやまりました。「ぼくたち、おじさんが食《た》べものを巣《す》でつかまえてたこと、知《し》らなかったんです。ほんとうにごめんなさい。」

くもは、「いいよ、いいよ。」といって、ゆるしてくれ、男《おとこ》の子《こ》たちに、けっしてつらくあたろうとはしませんでした。

　カルペパーさんは、くものしんせつがありがたく、心《こころ》がやわらいで、妻《つま》に会《あ》ってくださらないだろうかと、くもにたのみました。

「こんなこと、おねがいできた義理《ぎり》ではないのですが。」と、カルペパーさんはことばをつづけました。

「妻《つま》はさびしいのです。やさしく、人《ひと》なつこくて、会《あ》えば気《き》に入《い》っていただけるともいますが。むすめたちもみんないい子《こ》でして。三人《さんにん》は母親似《ははおやに》、あとのひとりはわたしに似《に》ていますかな。」

　くもはそれにこたえて、「いまはつかれていて、とてもあたらしい巣《す》をつむぎはじめる気《き》にはなれないので、おことばにあまえることにいたします。」といいました。

　そこで一行《いっこう》は、男《おとこ》の子《こ》たちを先頭《せんとう》に、くもとカルペパーさんは、そのあとについて、部屋《へや》のはんたいのすみにある、紙《かみ》の家《いえ》にむかいました。

夫《おっと》とむすこたちとあのくもが、ろばたをこちらにむかってやってくる、そのおそろしいこうけいが、カルペパー夫人《ふじん》の目《め》にとびこんできたのは、ちょうどカルペパー夫人《ふじん》が、でまどのほこりをはらっているときでした。くものからだは、このまえ見《み》たときよりずっと大《おお》きく見《み》え、足《あし》の数《かず》も二《に》ばいにふえているように見《み》えました。

カルペパー夫人《ふじん》は、あわてふためいて、まどのよろい戸《ど》も、げんかんのドアも、バタバタとしめてしまいました。でも、だいじな夫《おっと》やむすこたちが、おそろしいけだものといっしょに外《そと》にいることをかんがえると、やもたてもたまらなくなって、げんかんのドアをあけると、家族《かぞく》のもとにかけよりました。

「いっしょよ、あなた。あたしはここにいますからね。ぼうやたちもよ。母《かあ》さんはここにいるわ。もし、みんなが食《た》べられるときは、あたしもいっしょに食《た》べられますからね。」カルペパー夫人《ふじん》は、夫《おっと》と子《こ》どもたちをどうじにひしとだきよせて、さけびました。

それからカルペパー夫人《ふじん》は、家《いえ》の中《なか》でしずかにあそんでいる、おさないむすめたちのことをかんがえました。あの子《こ》たちはどうなるのでしょう？　父《ちち》も母《はは》も男《おとこ》の子《こ》のきょうだいもみんないなくなってしまったら、いったいだれがあの子《こ》たちのめんどうを見《み》てやれるのでしょう。カルペパー夫人《ふじん》は、こらえきれなくなって、わっとなきだしました。

「まああ、おちついて。たのむから。」カルペパーさんは、おくさんをなだめていいました。「このかたは、あなたに会《あ》いたいといってこられたんだよ。とうとう見《み》つけだしたんだ。エサの――」

ここまできいたところで、カルペパー夫人《ふじん》は、ぴたりとなくのをやめ、くもにむかってエプロンをふりながら、わめきだしました。

「ほれ、むこうへいって。なによ、みにくいからだつきをして。おなかがすいていようがいまいが、あんたなんかにあたしのだいじな家族《かぞく》をわたしてなるもんですか。さあ、いった、いった。いっちまえったら！」

この生《い》きものは、ただなかよしになりたくてここにいるのであって、だいいち、紙《かみ》の人形《にんぎょう》なんか、この生《い》きもののエサにはなりはしないのだ、とカルペパー夫人《ふじん》にわからせるのには、だいぶ時間《じかん》がかかりました。

でも、ようやく事情《じじょう》をのみこむと、カルペパー夫人《ふじん》は、こんどはうれしそうに、「これでお友《とも》だちが三人《さんにん》になったわね。ねずみとくもとすずめと。」といいました。

ほんとうは四人《よにん》ですよね。だってすずめは二羽《にわ》でしたもの。

カルペパー夫人《ふじん》は、くもねずみとおなじく、おくさんがいないとわかると、ちょっとがっかりしていいました。

「お気《き》のどくに。どんなにおさびしいでしょう。だったら、たびたびうちにおこしくださいな。汽《き》車《しゃ》のこと、あれこれおはなしするのもおもしろいんじゃありません?」

やがてくもがいってしまうと、カルペパー夫人《ふじん》は、ためいきをついていいました。

「あたしたちって、なんだかへんてこなお友《とも》だちとばかり出《で》くわすのね。くもでしょ。うーん、ハンサムとはちょっといえないし。ねずみは、かんがえることといったら、チーズとチョコレートのことばかりだし。すずめの夫婦《ふうふ》は、かたときもじっとしていないし。まあ、でも、みなさん、いいかたたちよね。あたし、みなさんのこと、ぜんぶすきよ。」

カルペパー夫人《ふじん》は、おもうことがありすぎて、男《おとこ》の子《こ》たちがくもの巣《す》だらけになっているのに気《き》がつきませんでした。そして、男《おとこ》の子《こ》たちも、お父《とう》さんも、いまはそのことはだまっていよう、とおもいました。

8　ついに紙人形《かみにんぎょう》の友《とも》だちが

ある日《ひ》のこと、デビーは、子《こ》ども部屋《べや》にかけこんでくると、カルペパー家《け》の人《ひと》びとをいそいでかきあつめてはこに入《い》れ、ふたをして、テーブル下《した》のたなにおかれた、さいほう道具《どうぐ》の入《はい》ったかごのよこにおきました。

こうなると、まもなくそうじきのうなる音《おと》がきこえだすことを、カルペパー家《け》の人《ひと》びとは知《し》っていました。

やっぱり。すぐにそうじきが、ひくいうなり声《ごえ》をあげはじめました。でも、はこの中《なか》にいれば、そうじきの風《かぜ》にあたることもなく、あんしんです。カルペパー家《け》の人《ひと》びとは、気《き》もちよくなって、うとうとしはじめました。さいしょにあくびをしたのは、カルペパー夫人《ふじん》でした。カルペパーさんがそれにつづきました。

まもなく、全員《ぜんいん》がひるねに入《はい》りました。

さいしょに目《め》をさましたのは、男《おとこ》の子《こ》たちでした。男《おとこ》の子《こ》たちは、じっとしているのにあきて、外《そと》のようすが見《み》たくなりました。お父《とう》さんは耳《みみ》をすましてみましたがなにもきこえなかったので、もうじぶんたちの家《いえ》にもどってもだいじょうぶだろう、とはんだんしました。

一家《いっか》は、はこのふたをおしあげて、外《そと》にはい出《だ》し、ゆかにおり立《た》ちました。

そして、手足《てあし》をのばして、しっかり目《め》をさましてから、くずかごのおいてある、かどをまがりました。

まがったとたん、みんなは、はっとして、足《あし》をとめました。

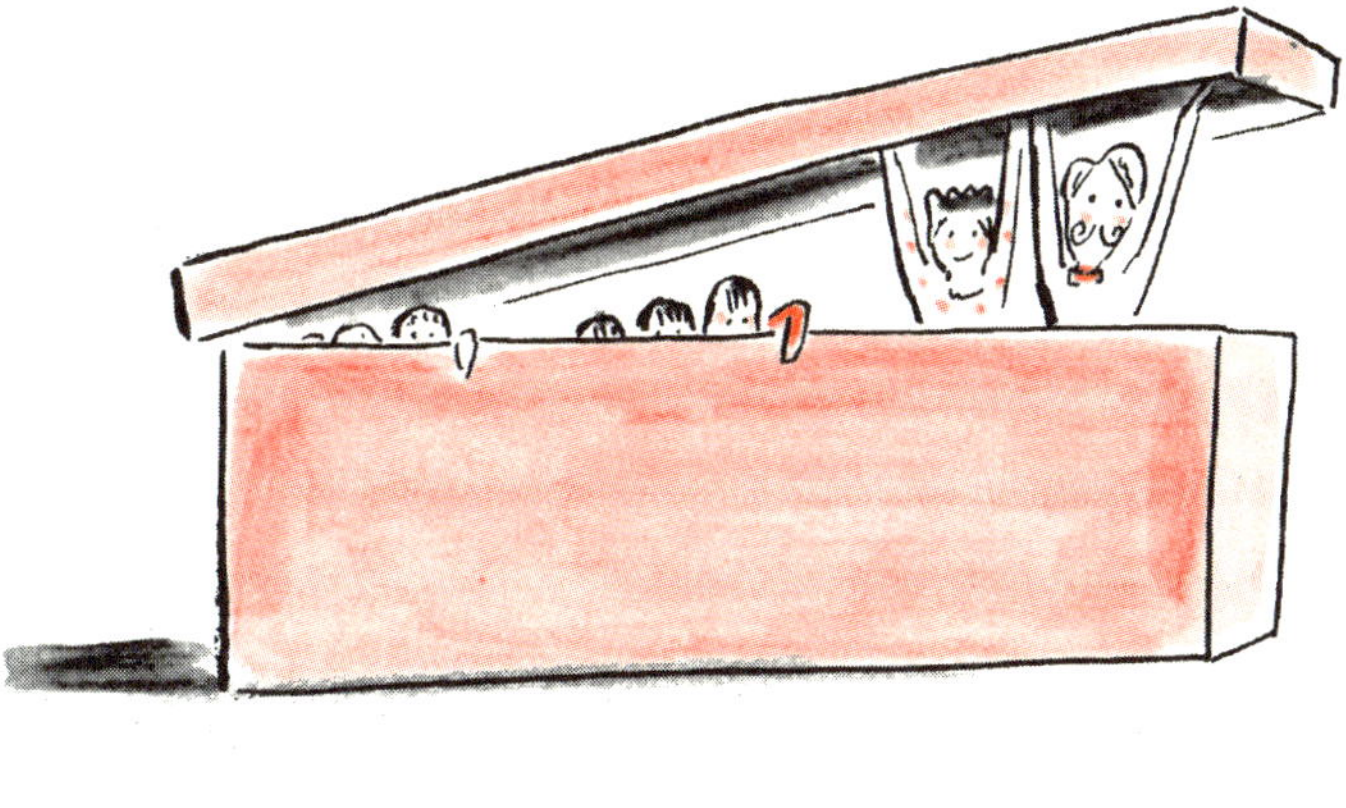

なんと目《め》のまえに、結婚式《けっこんしき》をひかえた紙人形《かみにんぎょう》の一《いっ》行《こう》がおそろいで立《た》っていたのです。

純白《じゅんぱく》のロングドレスとヴェールに身《み》をつつんだ花《はな》よめと、カルペパーさんにまけずともおとらないハンサムな花《はな》むこ。花《はな》よめのつきそいもいて、ひとりはピンク、ひとりはブルーのドレスをきて、そのとなりには、花《はな》むこのつきそいも立《た》っています。それから花《はな》をもった小《ちい》さな女《おんな》の子《こ》ふたりに、すそもちの男《おとこ》の子《こ》ふたりもいます。

カルペパー夫人《ふじん》は見《み》るなり、まいあがってしまい、「さあ、みんなであのかたたちの結婚式《けっこんしき》にいかなくては。」といいだしました。これはぜっこうのチャンスだというのです。

カルペパー夫人《ふじん》は、かんどうのあまり、声《こえ》をふるわせていいました。

「だって、ひとさまのまえでどうふるまえばいいか、よく見《み》て、お作法《さほう》がいっぱい学《まな》べるじゃないの。それに、もし、あのかたたちがいい人《ひと》だったら、わたしたちにも、とうとうまちにまったお友《とも》だちができるってわけでしょ。ああ、あなた――」

カルペパー夫人《ふじん》は、でもここでのどをつまらせ、あとがつづかなくなってしまいました。

カルペパー夫人《ふじん》は、おさないむすこたちのほうにむきなおると、そのかおを順《じゅん》にエプロンでふいてやりました。それから女《おんな》の子《こ》たちのふくをぴっぴっと引《ひ》っぱってととのえ、アンジェリーナのからだにか

すかにのこっていたしわも、できるだけのばしてやりました。

カルペパーさんは、おくさんのよろこぶようすを見《み》て、うれしくなりました。でも、「結婚式《けっこんしき》というのは、どうもあまりすきにはなれないな。そうそう知《し》ってるわけではないけれど。」といいました。

カルペパーさんは、結婚式《けっこんしき》とは、花《はな》よめのためにあるもの、とおもっていたからです。それでも気《き》をとりなおして、かみをなでつけ、ひげをひねってかたちをととのえると、「よし、じゅんびはできた。」といいました。

そこでカルペパー家《け》の人《ひと》びとは、そろって結婚式《けっこんしき》をひかえた一行《いっこう》にむかってあるきだしました。

とちゅうで、カルペパー夫人《ふじん》は、そこにいる女性《じょせい》たちが、だれひとりエプロンなどつけていないのに気《き》がついて、すこし気《き》おくれをかんじました。

でも、夫《おっと》は口《くち》ひげをはやし、ちょうネクタイをして、もうしぶんなくハンサムだし、おさないむすこたちも、こざっぱりとしているし、それにありがたいことに、むすめたちもほんとうにおぎょうぎよくふるまってくれていたので、カルペパー夫人《ふじん》は、家《か》族《ぞく》のことがほこらしく、気《き》おくれをおぼえたことなど、じきにわすれてしまいました。

それで、式《しき》をひかえた一行《いっこう》が、したしそうにこちらにむかってほほえみかけてくれたときには、カルペパー夫人《ふじん》もちゃんとえがおをかえすことができました。

カルペパー家《け》の子《こ》どもたちは、あいてがたの子《こ》どもたちに、いつもじゅうたんの上《うえ》でやっている、とびっこあそびをして見《み》せてやりました。

カルペパーさんは花《はな》むこに、「汽車《きしゃ》にきょうみはおもちですか?」と、はなしをきりだしました。

カルペパー夫人《ふじん》は、花《はな》よめに、「世界中《せかいじゅう》で、結婚式《けっこんしき》ほどわくわくするものはほかにないとおもいますわ。」といいました。

　すると、花《はな》よめの口《くち》から、おもいがけないことばがかえってきました。じぶんたちは、デビーのお父《とう》さんに切《き》りだしてもらったばかりなので、まだ西《にし》も東《ひがし》もわからない、というのです。花《はな》よめは、カルペパー夫人《ふじん》に、いますぐにでも、世界《せかい》というものがどんなものか、そして、そこでどんなことがおこっているか、おしえてほしい、とたのみました。
「でも、世界《せかい》のあのことこのことをぜんぶおはなししてたら、夜《よる》になってしまいそう。」と、カルペパー夫人《ふじん》はいいました。「もっと時間《じかん》のあるときならよろこんでおはなしするけど。でも、これだけはもうしあげておくわ。花《はな》むこさんとの新婚《しんこん》りょこうに汽車《きしゃ》をつかうのだけは、およしになったほうがいいとおもうの。だって、のりごこちはわるいし、風《かぜ》はきついし、だいたいおりたくなっても、とめるのが、もうたいへんなんだから。」

「ところで、と。」カルペパー夫人《ふじん》は、あたりを見《み》まわしながらつづけました。「ご結《けっ》婚後《こんご》、すまわれる家《いえ》は?」

「家《いえ》って⁉」花《はな》よめはびっくりしてききかえしました。「そんなもの、わたしたち、もっていませんわ。」

「なんですって!」カルペパー夫人《ふじん》はおどろいて、両手《りょうて》をひろげました。

「だ、だって、あなた、家《いえ》はなくっちゃ。わたしはすてきな家《いえ》をもってましてよ。そうだわ。結婚式《けっこんしき》のまえにわたしたちといっしょにきて、ごらんになってはいかが?」

花《はな》むこも、家《いえ》というものをもたなくてはならないと知《し》って、びっくりし、カルペパー一家《いっか》の家《いえ》をよかったら見《み》せてほしい、といいました。ほかの人《ひと》たちも、ぜひ見《み》にいきたいといいだし、それではと、カルペパー家《け》の子《こ》どもたちが、あんないやくをかってはしりだしました。

子《こ》どもたちのあとにつづいてあるきながら、カルペパー夫人《ふじん》は、ずっとじぶんの家《いえ》のことばかりはなしていました。

カルペパー夫人《ふじん》は、花《はな》よめに、よろい戸《ど》のことや、花《はな》の鉢《はち》のことをはなし、えんとつがあると、どんなにべんりかをいってきかせました。

「だって、ごきんじょを見《み》まわすひつようができたときには、夫《おっと》はその上《うえ》にこしがおろせますし。」と、カルペパー夫人《ふじん》はいいました。

げんかんにつうじるドアのまえをすぎて、にぎやかな一行《いっこう》は、まさにカルペパー

一家《いっか》のわが家《や》といえる、すこしよごれた部屋《へや》のすみにやってきました。

そこは、ほんとうに一家《いっか》の「わが家《や》」でした。だって、かべのどこに茶色《ちゃいろ》のしみがあるかとか、じゅうたんのどこに大《おお》きなピンクの花《はな》もようがあるかとか、ここならなにひとつ、知《し》らないものはなかったからです。

ところが、なんと、なくなっていたのです、その「わが家《や》」が！

カルペパー家《け》の人《ひと》びとは、ぎょっとしました。

口《くち》をきく人《ひと》はだれもいませんでした。

そのうちにカルペパー家《け》の女《おんな》の子《こ》たちが、ふるえる声《こえ》でささやきだしました。

「ピンがあったところにちっちゃなあながあいてる。」

これをきいてかきかずにか、カルペパー夫人《ふじん》がとつぜん気《き》をうしなって、うつむけにバッタリたおれてしまいました。みんなは大《おお》さわぎして、カルペパー夫人《ふじん》をおこし、なんとかしゃべらせようとしましたが、カルペパー夫人《ふじん》は、なかなか口《くち》がきけませんでした。ようやく口《くち》がきけるようになると、カルペパー夫人《ふじん》はいいました。

「このところ、いままでになかった、いやなことがつづいておきてるのよ。世《よ》の中《なか》が、なにかおかしくなってるんだとおもう。あーあ、長《なが》いあいだ、ほしいほしいとおもっていたお友《とも》だちが見《み》つかったとたん、うるわしのわが家《や》がきえてしまうなんて。」

それからカルペパー夫人《ふじん》は、そばにあった大《おお》きな赤《あか》い「Q《キュー》」の字《じ》がかいてあるつみ木《き》にこしをおろすと、エプロンでかおをおおって、声《こえ》をあげてなきだしました。

花《はな》よめはとてもがっかりして、「おはなしにきいた、よろい戸《ど》や花《はな》の鉢《はち》やえんとつやノッカーのついたドアのある家《いえ》が見《み》られないのなら、結婚《けっこん》なんてどうでもいいわ。」

Q
A

といい、カルペパー夫人《ふじん》のかたわらの青《あお》い「A《エイ》」の字《じ》がかいてあるつみ木《き》にこしをおろすと、手《て》にしていたブーケにかおをうずめるようにして、しくしくなきだしました。

カルペパーさんは、家《いえ》がとめられていた、かべのまえまでいって、目《め》のまえのかべをそっと手《て》でなではじめました。見《み》えなくても、なでていれば、そのうち家《いえ》があらわれる、とでもおもっているみたいでした。

ようやくカルペパー夫人《ふじん》のなき声《ごえ》は小《ちい》さくなってきました。カルペパー夫人《ふじん》は、こんどは家族《かぞく》がどこにすんだらいいかを、かんがえはじめました。

花《はな》むこは、カルペパー夫人《ふじん》のかたをやさしくたたいて、「わたくしどもにも、あたらしい家《いえ》を見《み》つけるお手伝《てつだ》いをさせてください。」といいました。

紙人形《かみにんぎょう》たちは、おもい足《あし》どりで、ちらかったおもちゃのあいだをうごきだしました。いったりきたりしながら、そのへんにおいてあるものの中《なか》をのぞきこんだり、かがんで下《した》をのぞいてみたり。みんなはこれといった見当《けんとう》もつかないまま、ただなにかカルペパー夫人《ふじん》が気《き》に入《い》りそうなものはないかと、あたりをさがしまわりました。

子《こ》どもたちが、さいしょにおもいついたのは、あのおもしろいものがいっぱい入《はい》ったかごでした。でも、お母《かあ》さんは、くびをよこにふって、「緑色《みどりいろ》のよろい戸《ど》がついてないじゃないの。」といいました。

花《はな》むこは、テーブルの下《した》にころがったままのデビーのくつを見《み》つけて、「これはすみごこちがとてもよさそうじゃありませんか。」といいました。

でも、カルペパー夫人《ふじん》は、「いくらなんでも、小《ちい》さすぎますわ。」というなり、「ああ、花《はな》をうえる鉢《はち》がほしい。」となきだしました。

夫《おっと》のカルペパーさんは、「ならば、いっそのこと、戸外《こがい》でくらしたら？」といいました。

「だめよ。ぜったいだめ。」と、カルペパー夫人《ふじん》はいいました。「あたしは、外《そと》を見《み》るまどがほしいんですもの。それからあけしめするドアと、ドアノッカーも。小《ちい》さなかわいらしいドアノッカーよ。」といいたしました。

でも、やっぱり、おくさんの気《き》に入《い》りそうなものは、なにひとつ見《み》つかりませんでした。やがて、小《ちい》さな紙人形《かみにんぎょう》の一行《いっこう》は、スタートちてんにもどってきました。すきな家《いえ》があったあとの、がらんとしたなにもないかべを見《み》て、カルペパー夫人《ふじん》は、またもなみだがこみあげてきました。

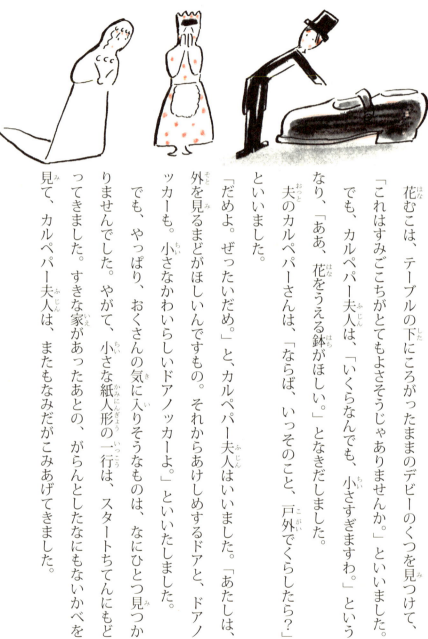

ところがそのとき、カルペパー夫人《ふじん》の目《め》がたまたま、ちらっと夫《おっと》のカルペパーさんのすがたをとらえました。カルペパーさんは、この不幸《ふこう》をものともせず、どうどうと立《た》っているではありませんか。

「あの人《ひと》が、かんがえているのは自分《じぶん》のことじゃない。」と、カルペパー夫人《ふじん》はおもいました。

「あたしのことをおもって、かなしんでいるんだわ。」

それからカルペパー夫人《ふじん》は、花《はな》よめ、花《はな》むこと、ふたりをとりまく人《ひと》たちに目《め》をやりました。どのかおからも、カルペパー夫人《ふじん》がはじめて会《あ》ったときにうかんでいた、よろこびのひょうじょうがきえていました。

じぶんの子《こ》どもたちだって、いまではもう、とびはねることも、はしりまわることも、おしゃべりすることも、わらう

こともしてはいませんでした。

カルペパー夫人《ふじん》は、夫《おっと》のもとにかけよると、そのからだをしっかとだきしめました。

「ごめんなさい。あたしは、なんてわがままだったんでしょう。じぶんのことしかかんがえてなくて。」と、カルペパー夫人《ふじん》はいいました。「ないたのも、ぐちをいったのも、ただただ、気《き》に入《い》ったすみかが見《み》つからないというだけのこと。じぶんのおもうようにならないからって、あたし、ほかの人《ひと》までみんな不幸《ふこう》にしてしまって。あたしがなにもかもぶちこわしたのよね。あたし、もうなかないわ。だって、この世《よ》でなによりもだいじなのは、もういっぺんみんなに幸《しあわ》せになってもらうことですもの。」

このことばをきいたとたん、まるでまほうがはたらいたかのように、みんなのかおにえみがひろがりました。花《はな》むこは、花《はな》よめをだきしめ、

子《こ》どもたちは、とびはねてあそびだしました。

カルペパーさんは、ほっとしました。まるであたまからおもしがとれて、まちかまえていたかんがえが入《はい》りこんでくる場所《ばしょ》ができたみたいでした。

「いま、ふと、おもったんだが、」と、カルペパーさんはいいました。「いままでみんな、気《き》づかないできてしまったことがあるんじゃないかな。わたしたちは、あたらしいすみかばかりさがして、いままですんでいた家《いえ》をさがすことをおもいつかなかった。だけど、ひょっとすると、わたしたちの家《いえ》は、デビーがよそにうごかしたんじゃないだろうか。」

「そう、そうだわ。きっと。」と、カルペパー夫人《ふじん》はさけびました。「デビーはいい子《こ》だもの。あたしたちから家《いえ》をとりあげるなんてこと、しないはず。」

このひとことでみんなは気《き》をとりなおし、もう一《いち》ど、家《いえ》さがしをはじめよう、見《み》つけだすまで、あきらめないでがんばろう、とちかいあいました。

元気《げんき》になった一行《いっこう》は、ろばたをぬけ、本《ほん》だなのまえをすぎ、おもちゃのタンスのまえをとおり、汽車《きしゃ》のせんろもこえました。カルペパーさんは、汽車《きしゃ》をゆびさして、花《はな》むこに、「こんど、もっと時間《じかん》があるときに、いろいろおしえてさしあげよう。」といいました。カルペパー家《け》の女《おんな》の子《こ》たちは、結婚式《けっこんしき》がわの女《おんな》の子《こ》たちを汽車《きしゃ》のせんろのさきにひろがる、かがみの池《いけ》にあんないしました。女《おんな》の子《こ》たちは、しゃがみこんで、かがみにうつるじぶんたちのすがたを見《み》つめました。と、とつぜん、カルペパー家《け》の女《おんな》の子《こ》たちが、さけびました。

「家《いえ》よ！　池《いけ》の中《なか》にあたしたちの家《いえ》がある！」

みんなはいっせいにかけよって、かがみをのぞきこみました。たしかにうつっています。みんなはかおをあげて、まえを見《み》ました。まちがいありません。

までの下《した》のかべに、あのみんなの家《いえ》がピンでとめてありました！　カルペパー夫人《ふじん》は、はしっていって、家《いえ》をまるごとだきしめようとしました。いくらなんでも、それはむりで、ほかの紙人形《かみにんぎょう》たちは、そんな夫人《ふじん》を、あたたかなわらいでつつみこみました。

「どうしてさっきは見《み》えなかったんだろう？」と、カルペパーさんはくびをかしげていいました。

「みんながきぼうをもって、まえむきでいるときには、ものってたやすく見《み》つかるんじゃないかしら。」と、アンジェリーナがいいました。

「あなたって、すてきね。」花《はな》よめは、アンジェリーナにいいました。

ふいにカルペパー家《け》の女《おんな》の子《こ》たちがさけびだしました。
「男《おとこ》の子《こ》たちがやねにのぼってる。あたしたちものぼりたい。ねえ、いいでしょ?」
「だめだ!」と、お父《とう》さんはいって、男《おとこ》の子《こ》たちに、すぐおりてくるよう、きびしくめいじました。
カルペパー夫人《ふじん》は、花《はな》よめのほうをふりかえって、「あたしはなんて幸《しあわ》せなこと!」と、いおうとしました。ところが、花《はな》よめときたら、ブーケにかおをおしつけて、しくしくないているではありませんか。

「どうしたの？　なにがあったの？」と、カルペパー夫人《ふじん》はたずねました。
「みなさん、ほんとにいいおうちをおもちね。」花《はな》よめはこたえていいました。「でも、わたしには家《いえ》がない。わたしたち、式《しき》がすんだら、どこにすめばいいんでしょう？」
花《はな》よめのことばに、みんなは、しんとしずまりかえってしまいました。花《はな》むこは、けついをひめたかおつきをして、花《はな》よめのかたわらに立《た》っていました。できることならいますぐ、素手《すで》ででも、花《はな》よめに家《いえ》をたててやりたい。そんなおもいが花《はな》むこのひょうじょうには、うかがえました。
一方《いっぽう》、カルペパーさんは、とてもだいじなことをおもいつき、そのアイデアは、どんどんふくらんでいきました。

「わたしにいいかんがえがあります。」ついにカルペパーさんは、口《くち》をひらきました。「みなさん、うちにきて、いっしょにくらせばいいんです。家《いえ》は大《おお》きいし、そうしてくだされば、妻《つま》も子《こ》どもたちも、もちろんわたしも、どんなにうれしいか。な、みんな、そうだろ？　しょうじきいって、これいじょうのいいおもいつきはないと、われながらかんしんしているんですがね。」

これをきくと、カルペパー夫人《ふじん》は、夫《おっと》にかけよって、その口《くち》ひげにキスをしました。「そのとおりよ。すてき！　これこそほんとのわかちあいだわ。」それからカルペパー夫人《ふじん》は、花《はな》よめにむかっていいました。「もし、いっしょにすんでくださったら、あたしたち、まい日《にち》、おしゃべりできるし、おたくの花《はな》むこさんは花《はな》むこさんで、うちの夫《おっと》と汽車《きしゃ》のはなしができるわ。それに子《こ》どもたちだって、ほっつきあるかなくてすむようになる。だって、あそび友《とも》だちができるんですもの。それにつきそいのかたたちも、こんなに大《おお》ぜいいてくださるし、まるでまい日《にち》がおたんじょう日《び》みたいじゃありませんか。ね、いらしてくださいな。いっしょにくらしましょうよ。」

みんなのかおが、かがやきました。

ただ花《はな》よめは、「でも、いますぐとはまいりませんわ。」といいました。「だって、きょうはあんまりいろいろあって、このまま結婚式《けっこんしき》へとむかう気《き》になれないんですもの。」

「あたしこそ、じぶんの家《いえ》のことしかかんがえられなくて。」と、カルペパー夫人《ふじん》はいいました。

結婚式《けっこんしき》の一行《いっこう》は、たのしそうにおしゃべりしながら、いってしまいました。

一行《いっこう》を見《み》おくったカルペパー家《け》の人《ひと》びとは、その場《ば》にしずかにたたずんで、あたりを見《み》まわしました。ながめをじゃまするドアは、どこにもありません。お日《ひ》さまの光《ひかり》は、じゅうたんの上《うえ》にあたたかくさしこみ、かがみの池《いけ》をきらきらとかがやかせています。

「いま気《き》がついたんだが、」と、カルペパーさんが口《くち》をひらきました。

「デビーは、わたしたちの家《いえ》をまえよりずっといいところにうつしてくれたんだ。ここからだと汽車《きしゃ》がうごくのが見《み》えるし、ちょっと目《め》をあげれば、さほどとおくないテーブルの上《うえ》に、水中《すいちゅう》でくらすきれいな生《い》きものも見《み》える。わざわざ外《そと》に出《で》なくてもすむよ。」

「ああ、なんて幸《しあわ》せなんでしょう。」カルペパー夫《ふ》人《じん》は、かんどうにむねをいっぱいにしていいました。

「家《いえ》があって、まわりもこんなにたのしくすてきで、いい夫《おっと》にめぐまれて、そのうえ、お友《とも》だちまでできた。ねえ、あなた。あの花《はな》よめさん、ねずみとくも

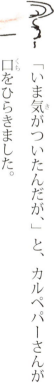

を結婚式《けっこんしき》にまねくことに、さんせいしてくれないかしら？　だって、あのかたたち、
たのしいことをまだあまりごぞんじないみたいなんですもの。」
「ぜったいだいじょうぶ。」夫《おっと》のカルペパーさんは、うけあいました。
「あたしたちには、ほんとになにもかもがそろってる。」カルペパー夫人《ふじん》は、
まんぞくそうにためいきをつきました。「これいじょう、
ほしいものなんてなにもないわ。」
でも、気《き》がつくと、いつのまにか夫《おっと》のカルペパーさんは、
いなくなっていました。カルペパーさんは、男《おとこ》の子《こ》たちが、
またやねにのぼっているのに気《き》がついて、おりてこい、
としきりにさけんでいました。

おわり

訳者《やくしゃ》あとがき

この本《ほん》は一九六三年《ねん》にニューヨークで出版《しゅっぱん》された「The Beautiful Culpeppers」を翻訳《ほんやく》したものです。

一枚《いちまい》の紙《かみ》を折《お》りたたんでいって、その一番上《いちばんうえ》にたとえば人《ひと》の絵《え》をかき、それを切《き》りぬいてひろげると、人《ひと》が何人《なんにん》か手《て》をつないだ形《かたち》になることは、みなさんもとうにごぞんじですよね。同《おな》じようにすると、手《て》をつないだおすもうさんが生《う》まれたり、つばさをひろげた鳥《とり》たちのつながりもあらわれる。私《わたし》も子《こ》どものころ、雨《あめ》の日《ひ》などにはよく妹《いもうと》と切《き》り絵《え》をしてあそんだものです。

さて、ここにご紹介《しょうかい》したのは、そうやって切《き》りぬかれた紙人形一家《かみにんぎょういっか》のおはなしですが、紙人形《かみにんぎょう》であるために、人間《にんげん》だったらできないことができることもあれば、人間《にんげん》にはぜったいおこらないできごとにまきこまれてしまうこともある。私《わたし》は訳《やく》しながら「おっと失礼《しつれい》！」と紙人形《かみにんぎょう》にあやまったり、「こんなことされてはこまるんだけどな」

と小《ちい》さな紙人形《かみにんぎょう》になりかわって、人間《にんげん》に文句《もんく》をいったりしていました。自分《じぶん》のからだが大《おお》きくなったり、小《ちい》さくなったり。そのたびに、まわりの世界《せかい》はまるでちがって見《み》えてくる。これって、ものがたりを読《よ》むたのしさのひとつですよね。あるときは人間《にんげん》の目《め》でまわりの世界《せかい》を見《み》るかと思《おも》えば、別《べつ》のときには紙人形《かみにんぎょう》の目《め》で、また別《べつ》のときには、すずめの目《め》で世界《せかい》を見《み》たりする。

私《わたし》たち人間《にんげん》がふんで歩《ある》くじゅうたんが、小《ちい》さな紙人形《かみにんぎょう》の目《め》にはどう見《み》え、どう感《かん》じられるかなんて、私《わたし》はこの本《ほん》を読《よ》むまで考《かんが》えてみたこともありませんでした。苦手《にがて》なクモとのおつきあいも、これからはもうすこしあちらさまのことを思《おも》いやってあげなくては、と反省《はんせい》させられたことでした。

さて、このお話《はなし》を書《か》いたマリオン・アピントンとはどんな人《ひと》か。わずかに手《て》にできた資料《しりょう》によれば、アメリカ西海岸《にしかいがん》のオレゴン州《しゅう》に生《う》まれ、生涯《しょうがい》オレゴンをはなれなかったようです。本好《ほんず》きなのはもちろんですが、若《わか》い頃《ころ》は野外《やがい》を歩《ある》き回《まわ》るのも大好《だいす》きでトレッキングや鉱石収集《こうせきしゅうしゅう》などを楽《たの》しんだとのこと。けれど、やがて長《なが》い病気《びょうき》のためにそれらを諦《あきら》めなくてはならなくなり、かわりに子《こ》ども向《む》けの雑誌《ざっし》に詩《し》を発表《はっぴょう》するようになります。ここに紹介《しょうかい》したのは、どうやらそんなマリオン・アピントンが、この世《よ》に一冊《いっさつ》だけ残《のこ》してくれた物語《ものがたり》の本《ほん》。そして、その一冊《いっさつ》をアメリカで見《み》つけてきてくれたのは、翻訳家《ほんやくか》の小宮由《こみやゆう》さんでした。

さし絵《え》は、ひょっとしたら、みなさん、もうおなじみのルイス・スロボドキン(一九〇三〜一九七五)。『たくさんのお月《つき》さま』で一九四四年《ねん》、絵本界最高《えほんかいさいこう》のコルデコット賞《しょう》を受賞《じゅしょう》した画家《がか》ですが、デビューは、エレナー・エスティスにたのまれての『元気《げんき》なモファットきょうだい』(一九四一)のさし絵《え》の仕事《しごと》。同《おな》じ作家《さっか》が書《か》いた『百《ひゃく》まいのドレス』(一九四四)のさし絵《え》も、そう、みなさんごぞんじのようにこのスロボドキンがかいています。日本《にほん》に紹介《しょうかい》されている本《ほん》で文章《ぶんしょう》と絵《え》の両方《りょうほう》をかいているのは『ピーターサンドさんのねこ』。まだでしたら、いつか、どこかで出会《であ》ってくださったらいいな、とねがっています。

ところで、アメリカ合衆国《がっしゅうこく》は、たくさんの移民《いみん》を受《う》けいれてきた国《くに》ですが、ルイス・

スロボドキンのご両親《りょうしん》も一八九〇年代《ねんだい》に帝政《ていせい》ロシア支配下《しはいか》のウクライナからアメリカに移住《いじゅう》してきた人《ひと》たちでした。ルイス自身《じしん》はニューヨーク州《しゅう》オールバニーの生《う》まれ。「ものごころついた時《とき》にはもう絵《え》をかいていた。」とルイス・スロボドキンはのちに自《みず》ら語《かた》っています。

二〇一六年　春

清水眞砂子

清水眞砂子（しみず まさこ）
一九四一年、朝鮮半島に生まれる。児童文学者・翻訳家。主な著作に、『子どもの本のまなざし』（JICC出版局、日本児童文学者協会賞受賞）、『青春の終わった日―ひとつの自伝』（洋泉社）、『そして、ねずみ女房は星を見た』（テン・ブックス）、訳書にU・K・ル＝グウィン『ゲド戦記』全6巻（岩波書店、日本翻訳文化賞受賞）ほか多数。

カルペパー一家《いっか》のおはなし

2016 年 6 月 1 日　初版発行
2022 年 3 月 1 日　第 3 刷発行

作◆マリオン・アピントン
絵◆ルイス・スロボドキン
訳◆清水 眞砂子
編集◆小宮 由
デザイン◆井上 もえ
発行者◆井上 みほ子
発行所◆株式会社瑞雲舎
〒 108-0074　東京都港区高輪 2-17-12-302
TEL 03(5449)0653/FAX 03(5449)1301
印刷・製本◆シナノ書籍印刷株式会社

NDC933 ／ ISBN 978-4-907613-11-2